Ingeborg Kaiser · Mord der Angst

Ingeborg Kaiser

Mord der Angst

eFeF-Verlag

Autorin und Verlag danken der Abteilung Kultur des Erziehungsdepartementes Basel-Stadt und der Erziehungs- und Kulturdirektion Kanton Basel-Landschaft für die Unterstützung.

Die Deutsche Bibliothek – CIP-Einheitsaufnahme

Kaiser, Ingeborg:
Mord der Angst : Roman / Ingeborg Kaiser. – 1. Aufl. – Bern : eFeF-Verl., 1996
ISBN 3-905561-05-0

1. Auflage 1996

Lektorat: Liliane Studer, Brigitte Frizzoni
Umschlaggestaltung: Michèle Petter Sakthivel, Bern
Gesamtherstellung: Clausen & Bosse, Leck

Den Anstoß zu diesem Roman gab eine vor zwanzig Jahren begangene Mordtat im Alpenraum, die bis heute nicht aufgeklärt wurde. Die Autorin, die keine Lösung des Falls im Sinne eines Kriminalromans suchte, hat bewußt keine Recherchen angestellt, sondern rein fiktiv die Geschichte eines Täters entwickelt, von seiner Geburt bis zu seinem Tod. Alle Figuren und ihnen zugeschriebene Handlungen sind erfunden und allfällige Ähnlichkeiten mit lebenden oder toten Personen rein zufälliger Natur.

Angespült

Es begann mit dem falschen Namen, zur falschen Zeit, aber der Pate hieß nun mal Adolf, seine Gattin Maria, und der Täufling hätte sich vergebens rot und blau schreien können, aber er hat nicht geschrien, einfach die Zeremonie nach der Sonntagsmesse sattgenährt verschlafen. Den Eisguß des Taufwassers, die Kreuzzeichen im Namen der Dreifaltigkeit, die Gebete des Pfarrherrn um die Taufgnade für Adolf-Maria still durchgeschlafen und die kleine Versammlung damit freundlich gestimmt, als wär's ein Omen und der Winzling würde so angenehm bleiben, ohne Scherereien aufzuziehen sein, wenn er schon auf der Welt war, hineingeworfen worden, eine Sturzgeburt, eilig wie seine Zeugung.

Ein Morgen im Juni, Heuwetter, die Frau unter der Tür sagte, daß die Tiere ihr Futter hätten, der Kaffee in der Wärmekanne bereitstehe und die Brotsuppe für mittags sei, heiter, als würde sie eine Vergnügungsreise vor sich haben, ein Vergnügen, und nicht einen Tag als Knechtin auf den Wiesen ihres Bruders, des Hoferben Adolf. Ihre Heiterkeit reizte den Mann, und wie sie dastand, im Türrahmen, mehr draußen als drinnen, ihre Person im Licht abgeformt, durchaus appetitlich, aber so neu war sie nicht mehr, nach drei Kindern, und der Zweijährige am blauen Husten erstickt, schweigend winkte er sie ins abgedunkelte Zimmer, sein rechter Zeigefinger nur ein Stummel, was ihn wieder verstimmte, an seinen Unfall in der Papierwarenfabrik erinnerte. Er war kein Hoferbe, kein Selbständiger, aber wenigstens ging ihn der Krieg nichts mehr an, freigestellt vom Vaterland-Beschützen, über der nahen Landesgrenze der totale Krieg, totaler Vernichtungswahn, aber nichts übergeschwappt, nichts verseucht worden. Ein schöner Morgen, die Frau im Lichtrahmen bewegte sich nicht, als sei sie ahnungslos, daß es Samstag war und der Mann, nach der Woche im Magazin, seinen Spaß brauchte, ihn verdient hatte und sie sein besonderer Spaß war, gerade wenn sie sich spröde gab und woanders ihr Heu hatte, ganz woanders, war er nicht aufzuhalten, nahm sie im Stehen und leerte alle Wut in die Frau. Sie ließ es geschehen und sah im dreiteiligen Spiegel der Kommode, wie es mit der Frau geschah, als er sich aufs Bett fallen ließ, lief sie los, aus dem Zimmer, dem Haus, dem Dorf, und hielt erst vor dem gemächlichen Bild der Heuenden, setzte sich an den Feldrand, horchte auf ihre Atemstöße, das brennende Pochen im Kopf und sah die rhythmischen Bewegungen der Heuenden. Ihr fließendes, aber konzentriertes Zusammenspiel, das kein Aufschauen erlaubte, beruhigte sie, aber gleichzeitig roch sie den Mannsgeruch an ihrem Körper, abstoßend vertraut, und plötzlich der Gedanke, daß sie schwanger sei, er sie wieder geschwängert habe, hätte es rausschreien, wegschreien wollen, aber wischte den Schweiß ab und ging ruhig auf das Feld, nahm eine Heugabel und reihte sich in den Arbeitsrhythmus der anderen ein, der sie langsam besänftigte, befreite.

Die Orgel intonierte zweistimmig und begleitete die Familie mit dem Täufling aus der Kirche auf den runden, mauerumsäumten Platz mit alten Platanen. Der Eiswind hatte ihn leergefegt, die Gläubigen nach der Sonntagsmesse vertrieben, die sonst in Cliquen standen oder ihre Toten im Kirchhof aufsuchten, er faßte jäh die kleine Gruppe, daß die vierjährigen Zwillingsschwestern des Täuflings sich erschrocken an den Körper ihrer Mutter drückten, die Mühe hatte, die Eisböe aufzufangen, den Anprall der Töchter, und rasch den andern folgte, die den Kirchberg abwärts hasteten, den Dächern des Dorfes zu. Im Rücken die aufragende Kirche mit zwei Spitzhelmen, jahrhundertealt auf dem Hügel, die Häuser der Achthundert-Seelen-Gemeinde um den Kirchhügel geschart, vom Gotteshaus beschützt, beherrscht. Jede Viertelstunde die Zeitschläge der Turmuhr über den Dächern, und das Dröhnen der Glocken, die den Mittag oder Feierabend einläuteten, durch das Kirchenjahr schlugen und den Tod in der Gemeinde kündeten. Erklang die Totenglocke, wurde die Arbeit unterbrochen und spekuliert, wen es diesmal getroffen haben könnte, für eine Frau tönte die kleine Glocke, für den männlichen Verstorbenen die große.

Adolf-Maria, Dolf oder Dolfi gerufen, entwikkelte sich die ersten Lebensjahre wie erhofft, ohne Scherereien, ausgenommen seine Glockenphobie. Läutete die Totenglocke, verkroch er sich, ohne zu wissen, was das Läuten zu bedeuten hatte, unter den Stubentisch oder in einen dunklen Winkel, noch lieber unter die Röcke seiner Mutter, was den Vater reizte, rotsehen ließ, der das Verhalten des Sohnes gestört fand, hirnrissig wie manchmal die Frau, die sowas ausgebrütet hatte. Und er holte sich den Dolf, wutentschlossen, aus diesem Scheißer einen ganzen Kerl zu machen, rüttelte ihn gewaltig durch, als ließe sich für alle Zeiten herausschütteln, was er zum Kotzen fand, frachtete das schreckstarre Bündel auf den Kleiderkasten des abgedunkelten Ehezimmers, setzte ihn ab, aus, und ließ ihn schmoren, solange er es für richtig hielt, falls er ihn nicht ganz vergaß und Dolf von der Mutter befreit werden mußte, mit naßgewordenen Hosen endlich Boden spürte, von mitleidlosen Zwillingen erwartet, die den Bruder lieber auf dem Schrank wußten, wo er nicht im Weg war und ihre Zweisamkeit bedrohte, von der er ohnehin ausgeschlossen blieb.

Aber größer wird man allemal, Dolf wieder auf dem Schrank, rutschte bis zur Kante, sah nach unten und verlor das Gleichgewicht oder ließ sich kippen, es geschah mit ihm, schneller als ein Gedanke, daß er mit gebrochenem Nasenbein lag, gerade vier Jahre alt, und sich fürchtete, als hätte er etwas kaputtgemacht und würde für das Kaputte bestraft werden. Er spürte, daß etwas aus der Stirne wuchs, nicht abzuleugnen war, ein verräterisches Mal, ein Horn, das sich bald verfärbte, aber da war er schon weggewieselt, weg, seinen Lieblingshasen im Arm, den er aus dem Stall befreit hatte und der sich angstvoll abschleppen ließ.

Ein Frosttag im Februar, Hochdrucklage, der Totengräber würde beim Aushub der Frosterde ins Schwitzen geraten, auch Dolf war es warm geworden, sein Hase, den er auf keinen Fall loslassen wollte, schien schwerer zu werden, schwer auch das Pochen ihrer Herzen, laute Schmerzschläge, und gewiß weithin hörbar. Gleich werden sie ihn haben, Vater, Mutter und die Zwillinge, eingeholt haben, schnauben, dampfen, wiehern, ihre Hufe ihn überdonnern, er ist sicher, daß sie als Pferde kommen, nichts schlimmer als Pferde, sein Hase wird kalt werden, steif, er weiß, was dann kommt, das Fell ab und so nackt in den Ofen, vielleicht auch er, oder auf den Schrank. Bis er schwarz werde, hat der Vater gesagt und Dolf an den Krauskopf in der Kirche gemahnt, der zu nicken begann, als ihm der Onkel eine Münze in den Kopf steckte, Dolf wollte nicht schwarz werden und nicken mit einem Schlitz im Kopf, er begann zu weinen, zu viele Schmerzen oder zuviel Angst, plötzlich das Zwölfuhrläuten, kein Totengeläut, aber Dolf blieb auf der Stelle stehen, als wäre er von den Glocken eingekreist, duckte sich vor den metallischen Schlägen, ein dunkles Knäuel, vergessen auf dem Feld, als es ausgestanden war, lange ausgeläutet hatte, vermißte er seinen Hasen und glaubte, daß ihn die Glocken mitgenommen hätten, rannte entsetzt zurück.

Dolf mußte nicht mehr auf den Schrank, es wäre zu anstrengend geworden, seit er seinen Hasen verloren hatte, kam er täglich abhanden, verkroch sich beim Zwölfuhrläuten, egal, was in den Tellern dampfte und daß die Mutter eine gesegnete Mahlzeit wünschte, schaffte es zu verschwinden, als wäre er Luft, und er war Luft. Kam er wieder, war sein Teller abgeräumt und keinen schien es zu kümmern, daß er hungrig war. Ein Exempel nannte es der Vater, der Hunger habe noch jeden zur Vernunft gebracht, nur Dolf schien hirnrissig zu bleiben, oder bekam er was zugesteckt? Aber nicht im Vaterhaus, auch wenn sich der Vater unter der Woche und jeden zweiten Samstag am Arbeitsplatz verpflegen mußte, gab es keinen Regelverstoß, als würde sein leergebliebener Platz am Tisch als Autorität genügen, außerdem die Zwillinge, stramme Mädchen, auf die der Vater stolz sein konnte und für die er schöne Pläne hatte, die Zwillinge hätten sicher gepetzt. Außer Dolf wäre abgefüttert worden, bevor sie aus der Schule kamen, wie es sich in manchen Anstalten bewährt, wenn vor der allgemeinen Speisung die Problemfälle abgefertigt werden, damit keinem der Bissen im Hals stekkenbleibt. Nur jeden zweiten Samstag sowie sonntags hätte Dolf das Exempel als Hunger erfahren, wohl zuwenig, um Dolf zur Vernunft zu bringen, eine verfahrene Geschichte, dazu seine schiefgewachsene Nase, die jeder geradebiegen wollte, und Dolf verkroch sich auch deshalb in seine Glockenwinkel und nahm sich vor, ein Riese zu werden, vor dem alle zittern würden, auch der Vater, wenn Dolf nicht mehr aufhören würde zu wachsen und am Ende den Glockenturm überragte.

Seit Dolf sich als Riesen vorstellen konnte, schien seine Angst kleiner zu werden, aber eigentlich hatte sich nur die Perspektive geändert, der Fünfeinhalbjährige war erstaunlich groß und breit geworden, ein Riese unter den Gleichaltrigen, nur sein Vater schien nichts zu bemerken.

Wieder Juni, und der Vater mit dem Traktor auf dem Stück Land, das ihm die Frau in die Ehe eingebracht hatte, nicht gerade das beste, und auch noch Hanglage, mit ihm hätte der Hoferbe das Spiel nicht machen dürfen, er hätte auch nicht auf den angrenzenden Wald verzichtet.

Er machte sich ans Mähen und ärgerte sich, daß Dolf noch nicht zu sehen war, ohnehin nichts Ganzes, zu weibisch, der Sohn, aber so leicht gibt der Vater nicht auf, er wird ihn hinkriegen, kurieren und Dolf einen Hasen schenken, den er mit dem Vater schlachten darf, oder ein Huhn, besser einen Hasen. Oft genug steht er am Käfig, füttert sie und redet dummes Zeug durchs Gitter, er wird ihm das Schlachten beibringen, die Freude am Schlachten und an dem Fleisch auf dem Teller, ein Ereignis, das Dolf bleiben wird. Der Vater hat sein erstes Schlachtfest auch nicht vergessen, das noch warme Blut und sein Siegergefühl, eine Wucht, so gewaltig, als wäre er zum erstenmal bei einer Frau gelegen und möchte es wieder und wieder treiben. Er wird Dolf die Hand beim Töten führen, damit es rasch geht, human bleibt, aber Dolf müßte das Schlachtmesser halten und kein Scheißer mehr sein. Der Plan gefiel dem Vater, versöhnte ihn mit dem Sohn, der noch immer nicht zu sehen war, als er genug Grünfutter geschnitten hatte, machte er sich ans Aufladen, holte schließlich den Traktor und fuhr damit die Böschung aufwärts, um ihn an den beladenen Heuwagen zu koppeln, ein Manöver, das heikel war und das er beherrschte. Dolf hätte das sehen sollen, der Scheißer, wie sein Vater mit dem Traktor den Berg anging, nicht ohne Risiko, aber alles abzuschätzen, kalkulierbar, er kannte das Gelände und hätte Dolf womöglich mitfahren lassen, sogar die nassen Hosen riskiert, aber er war nicht da, einfach ausgeblieben, als hätte er die Folgen seiner Extratouren noch nie zu spüren bekommen. Dem Vater schoß die Wut in den Kopf, er packte das Lenkrad, als habe er den Sohn unter den Fingern und würde ihn umklammern, bis ihm die Luft wegbliebe, ihn so richtig durchschütteln, durch die Mangel drehen. Höchste Zeit, daß er normal wird, kapiert, was es geschlagen hat, oder er bleibt ein Scheißer, den keiner vollnehmen kann, der sich unter Weiberröcken versteckt, die Hände des Vaters verkrampfen sich, weißgeworden, er schien es nicht mitzubekommen oder ging es zu schnell, daß sich der Traktor nach rückwärts zu neigen begann und überschlug.

Er lag unter dem Traktor, eingeklemmt, und sah als erstes den stillblauen bewegungslosen Himmel über sich, soviel Weite und doch keinen Atem, wollte nichts anderes als losschreien, um Hilfe schreien in dieses Blau über ihm, aber lag von Schmerzen eingepanzert, und plötzlich das Gesicht des Sohnes über ihm, blaßgraue Augen, die ihn verwundert anstarrten, zu belauern schienen, begierig, was weiter geschah. Der Vater stöhnte und schnitt komische Grimassen, die Dolf lustig fand, dennoch nicht sicher, ob es so lustig gemeint war, der Vater ließ Dolf nicht aus dem Blick, verdüstert, böse, und würde gleich unter dem Traktor rauskriechen und Dolf vermöbeln, an seiner Nase reißen und sie wohl ganz ausreißen, wie er angedroht hatte, statt der Nase ein Loch, immer ein Loch im Gesicht. Dolf wagte sich nicht zu bewegen, von den Augen des Vaters genagelt, stummgeworden, erwartete er seine Strafe, denn gewiß lag es an Dolf, wenn der Vater so wilde Gesichter schnitt, war er dran.

Der Teller mit Spiegeleiern damals auf seinem Kopf zerbrochen, es rann ihm warmklebrig übers

Gesicht, die Eiersauce, das Blut, als würde was Ekliges über sein Gesicht kriechen, es würgte Dolf, und er mußte brechen, brechen, der Riß im Kopf wurde zugenäht, und die Haare sind am Drüberwachsen.

Aber jetzt tut es wieder weh, an der gleichen Stelle, es reicht, wenn der Vater ihn anschaut, daß es weh tut, und er möchte lieber ein Wolf sein oder zwei Wölfe, ein zweiköpfiger Wolf. Aus dem Vater quoll ein Stöhnen, färbte den Mundwinkel, je länger der Vater sich Zeit ließ, um so schlimmer für Dolf. Die rotgetigerte Katze hatte sich auch Zeit gelassen, er sah ihr beim Spiel mit der Maus zu, und als es vorbei war, fiel ihm der Vater ein, und er begann zu rennen, aber stoppte, als er den Vater auf dem Traktor sah, und duckte sich hinter der Hecke, Arme über dem Kopf, die Augen zu. Der Traktor übertönte sein lautes Herz, Dolf horchte in das gleichmäßige Motorengeräusch, es machte ihn schläfrig, ein warmer Tag und die Sonne am Steigen, er spürte die warme Erde unter sich und meinte, sie würde nachgeben, Dolf in ein behagliches Erdbett sinken, lange Zeit, so lange, bis sie nach Dolf suchen würden und die Mutter seinen Namen riefe, Dolf, immer Dolf, dann der Vater und die Zwillinge, Dolf. Sein Gesicht begann zu leuchten und der Kopf pendelte selig hin, her, als würde jemand für Dolf munter aufspielen und er, mit geschlossenen Augen, dabei zusehen, bis sich schlagartig alles änderte und Dolf erschrocken über die Hecke starrte, wo der Traktor sich lärmend überschlug und ebenso plötzlich aussetzte, schwieg.

Über den Kopf des Vaters lief eine Ameise, und Dolf folgte ihr mit den Augen, sah sie vor Hindernissen stoppen, die Richtung wechseln, sah in die starrkalten Augen des Vaters, sah eine zweite Ameise und fürchtete sich vor dem Vater, der Ameisen über seinen Kopf krabbeln ließ, das Haar schweißverklebt, dunkelblond mit grau, er hätte die Ameisen zwischen den Fingern zerreiben wollen, aber scheute sich, den Vater zu berühren, der Dolf so dunkel anschwieg, daß er ratlos zu weinen begann, ins Gesicht des Vaters heulte, im verzweifelten Wunsch, daß etwas das Schweigen zerreiße, das Dolf unheimlich wurde, ein Alb, der ihn zu erdrücken drohte, lieber ein Loch im Gesicht, die Nase ausgerissen, weg, alles lieber, Dolf weinte, und keine Stimme, die ihn erlöst hätte, weinte sich leer. Über den Vater liefen unzählige Ameisen, eine geordnete Kolonne, die Dolf nicht mehr kümmerte, benommen kletterte er hangauf bis zum Waldrand und drückte sich an einen Baum, und lange schien alles gut, bis ihn die Schreie seiner Mutter zurückholten.

Die große Glocke läutete befremdlich in den noch schwelenden Tag, bald wußte jeder im Dorf, für wen sie geschlagen hatte. Er lag aufgebahrt, von der Leichenfrau gewaschen, für seine letzte Reise bereit. Stille Kerzen am Flammen und stille Beter, die der Witwe die Hand gaben, wieder verschwanden, ein ständiger Wechsel, auch die weinenden Zwillinge bekamen mitfühlende Blicke und Dolf, der an seiner schiefen Nase vorbei auf den Stubenboden schaute, aber alles begriff, sich seltsam leicht fühlte, erleichtert, als sei das Ganze ein Fest, das mit den Glocken eingeläutet worden war, ohne daß Dolf sich verkroch, ein besonderes Fest, und die Menschen milder gestimmt, seit der Vater ins Schweigen gestürzt war. Die Mutter hatte Dolf am Waldrand umarmt und rasch weggezogen, den Vater unter einem blumigen Tuch gelassen. Das Totenzimmer stickig schwül, ein explosives Gemisch aus Hitze, Wachsgeruch und Schweiß. Dolf gefiel der stille Vater, und es machte ihn traurig, daß der Vater geholt werden sollte und das Fest dann wohl aus war und die freundlichen Blicke der Leute, die Hände, die ihm ins Haar faßten, Dolf mochte die Berührung und den Vater, der nichts mehr verriet, schaute in das reglose Gesicht und mußte weinen.

Der Tod eine Farbe

Der Vater war ein Schwarzweißporträt hinter Glas und hing an der Stubenwand, um den Rahmen ein Trauerflor. Und vielleicht hörte er die guten Ratschläge von Onkel Adolf am Tisch, die schweren Seufzer der Mutter, das Glucksen der Zwillinge, die sich endlose Geschichten in die Ohren bliesen. Dolf wunderte sich, daß sie nicht aufquollen, überquollen, die Geschichten aus ihren Ohren trieften, er hatte Ähnliches geträumt, die Zwillinge mit Dackelohren bis zum Boden. Wenn die Zwillinge sich gegenseitig ihre Ohren mit Speichel und Worten füllten, wartete Dolf auf den Knall. Oder Ohrensegel wie im Bilderbuch und die Zwillinge am Fliegen, höher als der Kirchturm, große dunkle Vögel, die plötzlich stürzen, dem Kirchhof zu, zwischen die Grabfelder, ihre Beute ein Stein. Dann die Totenglocken und das Totenfest. Das Kribbeln. Für Dolf war der Tod ein Engel. Er stand im Glasschrank der Mutter, den sie verschlossen hielt. Ein weißgekleideter Engel mit einem Wachsgesicht, weißen Locken und blauschwarzen Flügeln. Oder eine Musikdose, die neben dem Engel aufgestellt war und buntschön spielen konnte. Dolf hat sie einmal gehört. Und die Mutter dazu tanzen sehen, ganz allein, in schwarzen Kleidern. Sie drehte sich langsam im Kreis, das Gesicht tränennaß, und schien Dolf nicht zu bemerken. Ein langsamer Walzer. Auch Dolf hat heulen müssen und sich gewünscht, daß es immerzu weiterspiele und weiterdrehe. Ein guter Engel, der Tod, kommt er, brennen die Kerzen, und keiner ist laut.

Der Vater sah tot zufrieden aus, als sie ihn holten, dampfte der Weihrauch, zog schwadenweise zur Decke, nebelte die Trauergäste ein, und es roch lange nach Hochamt. Auch die Mutter, ein wenig, wenn sie die dunklen Kleider trug, und als sie sich im Takt der Musik drehte. Seither stand Dolf öfters vor dem Engelschrank, das Gesicht nahe am Glas, das sein Atem beschlug, blind machte, oder war es Weihrauch, und plötzlich Musik, die langsam und getragen näher kam. Dolf starrte auf den Engel, der so schön aufspielen ließ, und vergaß zu atmen. Als wäre diese Musik eine steigende Flut, in der er schließlich versank, nicht mehr hörte, daß die Mutter ihn rief, die mit den Zwillingen unter der Haustüre stand, die Blaskapelle abwartete und die Honoratioren vom Dorf, sich dem Trauerzug für den Altbürgermeister anschloß. Eine Weile stand Dolf, still wie der Engel, die Musik war verklungen, und das Haus schien ohne Leben, keine Stimmen, Geräusche, überall das Schweigen, und Dolf eingemauert. Er dachte an den Vater unterm Traktor und fürchtete sich wie damals, vielleicht war es ansteckend und Dolf ein bißchen tot, der Doktor würde den Kopf schütteln, die Mutter weinen und den Zwillingen endlich das Kichern vergehen. Ihm gefiel die Idee und er legte sich auf den Boden, die Augen und

Glieder taubschwer, und der Schlaf löschte seine Verlassenheit.

Auch in der Nähe der Mutter, der Geruch ihrer Kleider, der für Dolf identisch mit Geborgenheit war, wenn sie ihn vom Spott der Zwillinge erlöste oder vom Onkel, der ihn als Stallburschen einspannen wollte, anzapfen sei jetzt vernünftig, Dolf überraschend kräftig, und die Mutter habe einen Esser weniger am Tisch. Der Onkel lehnte am Gartenzaun und sah ihr beim Schneiden, Aufbinden und Hacken zu. Die farbigen Zierkugeln der Staketen spiegelten das Bild, die Mutter mit dunklem Kopftuch, dunklen Kleidern in den blaugoldrubinfarbenen Kugeln, nur die Mutter, zu der Dolf gelaufen kam, neben der er auftauchte, gespiegelt im Kugelglas, und der Onkel ausgesperrt, aus ihrem kleinen, üppigen Garten, wo es immer blühte oder reifte, scheinbar immer Sommer war und ein wackeliger Pavillon die Mutter glücklich machte. Der allerschönste Ort für Dolf, im Spiegelglas der Kugeln gefangen, bewahrt, ein grünbunter Garten und die Mutter der dunkle verläßliche Punkt. Er wollte nicht mehr größer und stärker werden, am Ende würde er nicht mehr in die Kugel passen, das schöne Bild sprengen, zersplittern.

Seit sie als Leichenfrau amtete, schien der Garten noch stärker zu leuchten und für den Tod zu blühen. War es wieder Zeit, plünderte sie, was gerade blühte und was die Jahreszeit zuließ. Sie war nun dreiundvierzig und dafür eigentlich zu jung, aber besser eine zu junge Leichenfrau im Dorf als eine bedürftige Witwe, die den Gemeindesäckel belastet. Und sie hat sich bewährt, war bald eine Institution, das Bild gewohnt, sie und der Sohn, im Leiterwagen zwei Kübelpalmen, die das Totenbett flankieren würden. Nach der Ankunft im Trauerhaus verschwand die Mutter, Dolf wußte nicht, was hinter der Tür geschah, aber atmete auf, wenn sie endlich wiederkam, im Raum des Toten die Kerzen brannten und alles friedvoll schien. Er war dann stolz oder froh oder beides und sicher, daß die Arbeit der Mutter etwas Besonderes sei, sie von den anderen im Dorf heraushob, die immer auf sie zu warten schienen, erleichtert oder getröstet, wenn die Mutter kam, das Totenzimmer verließen, bis sich wieder die Türe öffnete und es leise feierlich war. Ein bißchen Weihnachten für Dolf, jedenfalls außerordentlich, auch die vielen Kirch- und Friedhofsgänge mit der Mutter, die den Altarschmuck besorgte, die Kirche saubermachte und die verdorrten Kränze wegkarrte, manche Gräber das ganze Jahr über zu pflegen hatte. Ein seltsames Spielfeld für Dolf, der lieber Kirchenbänke abstaubte und kannenweise das Gießwasser anschleppte, als sich mit den Zwillingen anzulegen, langsam ein Eigenbrötler ohne gleichaltrige Gefährten, aber die Schule würde das korrigieren und aus dem Sohn der Witwe ein brauchbares Gemeindeglied machen.

Dolf wollte nicht eingeschult werden, es genügte, die Anstrengung der ehrgeizigen Zwillinge zu sehen, die es schafften, gleich gute Noten vorzulegen, als Lieblinge des Onkels galten, nicht nur des Onkels, und zweifaches Vorbild für Dolf. So eins, daß er sie manchmal als Monster mit doppelten Köpfen, vier Armen und Beinen erlebte, von Messerzungen träumte, die sich rüsselartig um Dolf legten, ihm das Atmen erschwerten, ihn, eingespeichelt, verschlingen wollten. Er schrie sich aus diesem Traum, der sich wiederholte, obwohl neben Dolf die Mutter schlief, seit die Zwillinge zehn geworden waren, das Doppelbett mit ihm teilte. Von seinen Schreien geweckt, machte sie Licht und sah Dolf mit offenen Augen im Bett stehen, steif vor Angst, daß sie jedesmal selber Angst bekam und laut zu beten begann, mit ihrer Stimme Dolf und sich beruhigte. Er sagte ihr nicht, daß das Monster den Zwillingen gleiche, und er das Messer aus der Küche genommen habe, das Schlächtermesser, das sie seit Wochen vermisse, unter der Matratze versteckt halte, und nun stärker als die Zwillinge sei, wenn sie Doofi sagten, totendoofer Doofi, falle ihm das Messer ein und das Blut im Fell der Hasen.

Adolf

Er hörte nicht auf Adolf, saß in der hintersten Bank und begriff nicht, warum der Lehrer sein Pult verließ und sich vor ihm aufstellte, er hätte ebenso Josef, Bruno, Andreas oder sonstwie rufen können, er war nicht Adolf, meinte nicht Adolf zu sein, aber die Handbewegung des Lehrers war eindeutig, und als er ihr folgte und aufstand, war er Adolf und würde es schon noch begreifen, was von Adolf erwartet wurde, einzulösen war. Er wäre lieber Dolf geblieben, aber keiner hat ihn gefragt, obwohl Adolf seit dem tausendjährigen Reich über der Grenze ein zweifelhafter Name war. Er stand und hörte, daß Adolf, der erstaunlich groß und kräftig sei, an die Tafel gehen solle, sah zögerlich um sich, als würde er einen großen kräftigen Adolf erhoffen, ging endlich durch das Spalier der Blicke nach vorn, nahm den nassen Schwamm aus der Emailleschüssel, drückte das Wasser aus und begann, wie geheißen, die Kreideschrift an der Tafel zu löschen, trocknete mit dem Lappen und war ein Tafelwischer, vom Lehrer als Tafelwischer eingesetzt, für brauchbar befunden, jeweils die Tafel zu säubern, den Schwamm auszuwaschen und das Wasser in der Emailleschüssel zu erneuern. Ein Amt, das ihm gefiel, solange er die Bänke hinter sich leer wußte und nicht unter den Blicken seiner Mitschüler seine Ohren brandheiß zu werden drohten. Er fürchtete ihr Grinsen, hätte sich dann gern zusammengezogen, geknäult, um unbesehen seine Bank zu erreichen, aber es sah nur komisch aus, wenn er vorgebeugt und die Schultern hochgezogen zu seiner Bank lief, sich rasch hineinschob, froh, nicht mehr ausgestellt zu sein.

Warum mußte er vierkantig alle überragen, ein Kraftmensch, den keiner zu fürchten schien. Fand er die gesäuberte Tafel am anderen Morgen verschmiert vor, begann er sie gleich zu säubern, mit Hingabe trockenzureiben, bevor der Erzieher ins Klassenzimmer kam. Ein Spiel, das für die Verursacher spannungslos wurde mit der Zeit, an Adolf scheiterte, ein Spielverderber, der schweigend die Rüge des Lehrers anhörte, wenn er ihn bei der vermeintlich säumigen Putzaktion erwischte, ein böser Schlamper, dem das Amt schließlich abgesprochen wurde, ohne daß er den Vorgang berichtigt, seine Schuldlosigkeit erklärt hätte. Ein regelrechter Sündenbock, zu groß, um übersehen zu werden, zu stumm, zu linkisch, dem es egal schien, vor die Tür geschickt zu werden, am Korridorfenster seine Strafe abzustehen. Im Rücken das kräftige Solo des Lehrers im Wechsel mit dem Chor der Schüler, ausgenommen Adolf, der unbewegt stehenblieb, bis die Schulglocke schrillte und er im Gedränge mitströmte, meinte, wie alle zu sein, wie alle sein wollte, die alle nichts gegen Adolf hatten, nichts Besonderes, hätte man sie befragt, es bot sich eben an oder er bot sich an.

Es habe sich bald gezeigt, daß seine Größe keinen Rückschluß auf mehr Reife erlaube, der Schüler A. sei gehemmt und überwiegend passiv, habe außerdem Mühe, sich verständlich auszudrücken, gerate dabei ins Gacksen, Stottern und ließe sich eher totschlagen als dann weiterzusprechen, was dem Klassengeist abträglich sei und zu Exempeln zwinge. Strafen, die A. jeweils heiter antrete, als wäre er ausgezeichnet worden, er empfinde sie offenbar als gerecht und habe also begriffen, daß seine Sprachverweigerung ein Verstoß gegen die Schulordnung sei, zeige sich guten Willens, was den Erzieher durchaus zuversichtlich stimme.

Und alle wußten, daß Adolf der Sohn der Leichenfrau und ihr Gehilfe war, den man mit den Kübelpalmen auf dem Wagen durchs Dorf ziehen sah, die wie Adolf riesig zu werden drohten. Er mußte geschickt taktieren, um sie ohne Schaden durch die niederen Stubentüren zu bringen und am Kopfende des Totenbettes aufzustellen. Dunkle Vögel, die Mutter, der Sohn, nicht willkommen, aber unentbehrlich, Handlanger des Todes, die seinen Spuren folgten, um die Zeremonie des Abschieds einzuleiten, mit Blumen und Kerzen und einer Leiche, die friedlich aussah und die Angst der Lebenden vor dem Unfaßbaren milderte. Unter den geschickten Händen der Leichenfrau wandelten sich die Toten und kamen den gerührten Hinterbliebenen schöner vor als im Leben, aber begraben war alles vorbei.

Und die Leichenfrau erinnerte an etwas, das jedem zustoßen kann, ihre Hände hatten zuviel Tod berührt, das läßt sich nicht abwaschen, eine Kumpanei, die haftet, anhängt wie ein schlechter Geruch, eine ansteckende Krankheit, eine Leichenfrau lebt vom Tod, den Todesfällen im Dorf.

Der Platz neben Adolf blieb vakant, aber es schien ihm richtig, außer ihm hätte keiner über die Rücken und Köpfe zum Pult des Lehrers sehen können. An der rechten Zimmerwand eine Reliefkarte des Landes, in der Adolfs scharfsichtige Augen herumreisten und die er aus dem Gedächtnis hätte zeichnen können, oder die Abbildung des menschlichen Blutkreissystems, rote, blaue Stränge der Körpergeografie, das Plakat über die Alpenflora am Ausbleichen, Verschwinden, abstrakte Gebilde mit der Zeit, die Adolfs Schulstunden angenehm belebten. Linksseitig die Fensterfront, Hochparterre, drei Kastanien als verläßliche Kulisse, das Areal eingezäunt, am wohlsten fühlte sich Adolf unbemerkt, hätte seine Schuljahre unaufgerufen absitzen mögen, sich ohnehin im Rechnen ausgezeichnet und beim Lesen oder Schreiben versagt, hätte doch das Ziel der Klasse knapp erreicht.

Aber Schonzeit gibt es nicht, wer ausschert, spürt die Zügel der Ordnung, die zweiplätzigen Schulbänke mit Bücherfach werden in acht Größen hergestellt, dabei auf ein ideales Gefälle der Tischplatte von 15,55 Prozent geachtet.

Dolf war vergessen, auch von Adolf, als wäre er abzustreifen gewesen, ein Balg, an den sich nur seine Mutter erinnern mochte, Dolf wie Adolf gleichviel für die Zwillinge, gleichwenig, keiner kann wissen, was aus Adolf werden kann, ein Kürzel, eine Nummer, ein Mitglied, ein Teil, die Identität ein Ausweispapier oder mehr, alles noch offen, kaum alles.

Auf dem Erinnerungsfoto zur Feier der Erstkommunion wird der Kommunikant vom Paten Adolf und seinem Pfarrherrn flankiert, im Hintergrund die Mutter mit den kurzsichtigen Zwillingen, die Brillen für den Fotografen abgenommen. Eine tadellose Ablichtung in Chamois, bis auf die Kerze, seltsam verkrümmt in der zu warmen Hand des Kommunikanten, einziger Mißklang in der durchkomponierten Ordnung, dennoch gehörte sie ins Bild, ein feierlicher Moment, die Figuren ausgerichtet, ihre ernsten Gesichter eins mit dem Kameraauge, über den Tag festgehalten, bewahrt. Die dunklen Anzüge und Schuhe, das Schneiderkostüm, die Tupfenröcke überm Petticoat, das Hütchen auf dauergewelltem Haar, Weißer Sonntag, weiße Seelen, seine Sünden bekannt und losgesprochen worden, im Stand der Gnade an den Tisch des Herrn, und nach dem Segen die vollen Klänge der Orgel, alle Register, als habe sich eben der künftige Erbe eines Großbauern mit der künftigen Erbin eines Großbauern zusammengetan. Ein Ausnahmetag für Adolf, gemeinsam mit den Gleichaltrigen zur

Kommunionbank zu gehen und zu kommunizieren, der Ablauf mit dem Pfarrer geprobt, abgeschritten worden. Weiße Mädchen, dunkle Buben. Ihre Premiere vor den Augen der Gemeinde, gemeinsames Niederknien, die Hostie aus der Hand des Pfarrers, aufstehen und gemessenen Schrittes mit gesenkten Köpfen zurück, niederknien und zur stillen Andacht beide Hände vor das Gesicht, durch die Fingerspalten beobachtete Adolf die Knienden, darauf bedacht, mit den anderen die Hände vom Gesicht zu nehmen.

Zur Feier des Tages eine Sandtorte, beim Schlachten des Karnickels habe sich Adolf schon ganz geschickt angestellt. Der Kommunikant muß nüchtern sein, eigentlich hatte sich Adolf diesen Morgen mit einer Handvoll Wasser, das er unbedacht trank, von der Kommunion ausgeschlossen, ein Sünder, der sein Vergehen beichten müßte, aber lieber eine Todsünde als aus dem Weißen Sonntag zu fallen. Die Kirchenbank der Pranger und alle Augen der Versammelten auf seine Person gerichtet, verwundert, neugierig, erstaunt, daß er nicht zur Kommunionbank dürfe, sie würden tuscheln, vermuten, lästern, lachen, ihn auslachen, und Adolf dann mit dem Makel durchs Dorf laufen, der Dumme sein, nicht diesen Weißen Sonntag, wo gefeiert wurde und alle versöhnlich waren, auch die Zwillinge schienen milder. Auf dem Erinnerungsfoto mit Storchenbeinen und Traumblick, in nichts dem Bruder ähnlich, dem Kind im großen breiten Körper, bei der Abendandacht verstohlen am Schneuzen, gerührt und selig würde er nun täglich in der Frühmesse seinen Segen holen, immer in der Gnade sein.

Gloria

Der Mesmer litt wieder am Hexenschuß, und wächst wohl dem Boden zu, den verwitterten Grabsteinen ähnlich, die ein Kind umwerfen könnte, schmerzgepeinigt lehnte er sich an eine Wand der Sakristei und sah Adolf den großen Schlüssel mit der Purpurquaste drehen, die sakralen Gewänder, aufgefächert nach dem Kirchenjahr, im barocken Kasten, erleichtert, wie anstellig Adolf sich erwies und das richtige Meßgewand bereitlegte, dem Pfarrherrn beim Ankleiden assistierte. Ein Ministrant, dem es keine Mühe machte, das schwere Meßbuch von der einen Seite des Altars zur anderen zu heben, und ohne Gestotter durch die liturgische Feier. Adolf war gemacht, aufgerückt, ein Kirchendiener und vielleicht ein später Nachfolger des Ministerialen am Fürstenhof. Unübersehbar die Kirche auf dem Hügel, Zentrum des Glaubens, der Berge versetzen soll, die Seelen am Faden ihrer Gläubigkeit. Den Firmlingen wird vom Weihbischof des Bistums die Hand aufgelegt, ihre Stirn mit geweihtem Chrisam gesalbt, Siegel und sakramentales Bündnis gegen die künftigen Anfechtungen der Welt.

Seit Adolf vor zwei Jahren gesalbt wurde, trägt er eine Schweizer Uhr, ein Geschenk seines Firmpaten Adolf. Der Weihbischof hat Adolf nicht frommer gemacht, womöglich braucht es mehr Gnade, aber das hinderte ihn nicht, ein brauchbarer Ministrant zu sein, der keinen Einsatz verpaßte, mit Kraft die silberne Meßglocke klingeln ließ, die schläfrigen Beter schreckte, nach der Wandlung von Brot und Wein die Speisung. Wenn Adolf dazu auf den Altarstufen niederkniete, kam die Erinnerung an seine Erstkommunion, an die Handvoll Wasser, seine Verfehlung, die er nicht gebeichtet hat, eine Todsünde, dennoch zum Tisch des Herrn zu gehen, er fühlte sich schuldig und erwartete mit geschlossenen Augen das Schlimmste, einen Todesblitz, die Verdammnis, statt dessen der Segen und Deo gratias, die Entlassung, und Adolf erleichtert, aber nicht erlöst, er müßte bekennen und Reue zeigen oder überwinden, was er fürchtet.

Samstag vor Pfingsten, und Adolf mit der Sense auf dem Weg zum Hang, wo der Vater zu Tode kam, aber darüber sei schon lange Gras gewachsen. Gleich nach dem Unfall hat sich Onkel Adolf das Land angeeignet, und alles rechtmäßig, wie er gerne sagt, genug Gras, neues Gras gewachsen, das Adolf mähen soll. Grünfutter für die Kühe des Paten, am Abend vor Pentecoste, dem fünfzigsten Tag nach Ostern, und die Höfe des Dorfes samstäglich gekehrt, läuten die Glocken, muß Adolf mit der vollen Kraxe zurück sein, Feierabend. An Pfingsten ein Feierliches Hochamt, die Erneuerung der Firmgnade in der Liturgie, als Adolf den Hang vor sich wußte, spürte er das rote Pochen im Kopf, den Schweiß auf der Stirn, im Nacken, aus allen Öffnungen treiben, eine salzige Dusche, während er hangwärts stieg, das dunkle Haar klatschnaß, als habe er eine Kraftprobe hinter sich, aber da war kein Gegner, nur der steile Hang, das Gezirpe der Grillen, und die Mühe mit dem Gras. Genau richtig, meinte der Onkel, für so ein Kraftpaket, Adolf setzte die Kraxe ab, nahm den Wetzstein und fuhr gleichmäßig über die Schneide, freute sich am Klang, daß er die Sense zum Sirren brachte, prüfte ihre Schärfe. Er würde es dem Onkel zeigen, mehr Gras abhauen, als es für eine Kraxe braucht, alles, den ganzen Hang, sich von so was nicht umbringen lassen, er holte aus und hörte das Sausen, den Fall der Halme.

Der Mesmer war allein nicht mehr von der Truhe hochgekommen, säße wohl noch in der Sakristei, bei seinem Tod würde keiner die Totenglocken läuten, auch keine Fächerpalmen mehr am Totenbett, seit der Lehrer von pervers und schädlich geredet hatte, ging die Mutter ohne Adolf in die Trauerhäuser. Das Pfingstwunder der Heilige Geist, seine Sprache die Liebe, von Windesbrausen und Feuerzungen berichtet das Evangelium, jeder soll jeden verstanden haben, das festliche Meßgewand und die Ministrantenröcke in Rotkäppchenrot, wenn Adolf den Weihrauchkessel schwenkte, sprühten die Funken.

Nur das Gras widerstand, als wären es Drähte, und Adolf mußte ein zweites und drittes Mal drübergehen. Im Hinterkopf eine Klammer, einen Druck, der ihn an den Vater mahnte, aber er war tot, unter der Erde, dem Erdhügel, seinetwegen könnte auch der Onkel schon tot und begraben sein, warum nicht der Onkel. Adolf würde dafür die Fächerpalmen anschleppen und den Onkel zum ersten Mal schweigend erleben, stumm, totenstumm, die Hände zum ewigen Schlaf gefaltet, Kopf auf dem Zierkissen, würde genau hinsehen, wie tot der Onkel wäre, nicht genug bekommen. Im Bauch würde es glucksen, wie es immer gluckst, wenn er aufgeregt ist und vergebens mit den Armen dagegendrückt, er würde es diesmal glucksen lassen, den Onkel weckte nichts mehr, würde mit der Kerze zum Ohr gehen und das heiße Wachs hineintropfen lassen, es hätte sich ausgehorcht für den Onkel und ausgehört, das Wachs würde langsam die Ohrmuschel verschließen, doch, das gefiele ihm, sehr, und dann an den Bart, mit der Flamme um den fetten Schnauz, und gleich das Knistern, der Gestank, wie bei der Katze. Der Onkel hat ihr die Barthaare versengt, diesmal würde es dem Onkel weh tun, wäre er nicht tot, und tot wird man begraben, mit oder ohne Bart, schaufelweise die Erde drauf, vorher die Blumen, und tüchtig mit dem Weihwasserbesen in die Grube gespritzt, die Tante gelbgrün wie immer, aber ihre Butterzöpfe mit Rosinen und dem Zuckerguß, unvergleichlich, wenn Adolf davon heimlich abbekam, seine

Kusine würde bei der Tante stehen und plärren wie damals, als der Onkel zugeschlagen hatte, nur weniger laut plärren, totschlagen wollte er sie, aber nichts wahrgemacht. Er hat nur eine Tochter, ohnehin gelten die Rinder mehr, und er holt sich das Vieh von weit her, egal, wo das Holstein liegen mag, wegen ihr würde der Onkel nicht bis Holstein reisen. Außerdem ist sie dick und hat die Schläge verdient, zwängte sich in eine Jeans und kam zu spät in die Sonntagsmesse, mitten im Kyrie die Unruhe, das Getuschel auf der Weiberseite, das Grinsen der Männer, bis sich der Pfarrer umdrehte, die Reihen der Gläubigen musterte. Schamlos, hat es geheißen, ein schamloser Aufzug, und keiner weiß, wie sie dazu gekommen war, sechs Jahre älter als Adolf, hätte sie sich lieber totschlagen lassen, der Onkel soll die Hosen zerschnitten haben, Hoffart kommt vor dem Fall.

Und schon das Läuten vom Nachbardorf, Adolf konnte den Zwiebelturm sehen, der Wetterhahn glühgolden, und wenig später die Glocken aus seinem Dorf, Feierabend, die Klangfarben vermischten sich, tönten über die welligen Felder. Adolf spürte einen Schauder im Nacken, als würde er befingert, vielleicht nur der Schweiß oder die Glocken, kein Ort ohne ihr Schlagen, Mahnen, Hämmern, und seine Kraxe noch leer. Er schloß die Augen, der Kopf eine Glockenstube, verschloß die Ohren, pfropfte sie mit den Fingern zu, es läutete, würde ewig so läuten, er warf sich ins Gras und tauchte mit dem Gesicht in die Wespenhöhle. Das Läuten war weg, überdröhnt von aufgestörten Wespen, die Adolf umschwärmten, bedrohten, er spürte ihre Giftstacheln im Fleisch, Schmerznadeln, Glühnadeln, spürte, wie es blitzartig schwoll, ihn einäugig machte, er schrie, brüllte, schlug um sich, ein Schlachttier, das nicht getötet werden will, rannte, stürzte, rollte den Hang hinunter und blieb an der aus Steinen geschichteten Mauer liegen, wie lange, wüßte er nicht, aber könnte die Hölle beschreiben, glührot, frostrot, die Zähne begannen zu klappern, die Glieder, und unerreichbar weit ein Vogel, der stillblau sang.

Diplomtage

Sie hat sich diesen Tag oft vorgestellt und ihn Diplomtag genannt, ist auch nicht enttäuscht worden, die Zwillinge mit dem Abschlußzeugnis der Handelsschule in der Hand, weiße Blusen, dunkle Glockenröcke, die Abschiedsworte des Rektors, und die ernststolzen Gesichter der Eltern. Sie hat es ohne Mann geschafft. Jetzt stehen die Türen offen, beinahe alle Türen, und gewiß werden die Mädchen bald an einem Schreibtisch sitzen, ein Telefon bedienen und Briefe nach Diktat schreiben. Das Heiraten hat Zeit, es muß nicht mehr der Erstbeste sein, sie brauchen keinen Ernährer, wer bezahlt, hat das Sagen, sie müßten nichts mehr erbetteln und dafür dankbar sein, werden eigenes Geld haben, ein eigenes Leben.

Der Gedanke machte sie tränenselig und beinah hätte sie das »Großer Gott, wir loben dich« angestimmt, aber holte es nach, sobald das Offizielle vorbei war, sang aus vollem Herzen, und dazwischen die Enten aus dem Backofen genommen, gestupft und übergossen. Ein Festmahl, Schwägerin und Bruder am Tisch, vorher die Abschlußzeugnisse, schwarz auf weiß zu lesen, was der Bruder nie glauben wollte, daß es nun aufwärts gehe, sie würde nicht bis zu ihrem Ende die Leichen waschen. Seit dem Unglück ihrer Nichte fürchtete sie die Totenglocke und was dann anstand, die Schwägerin noch immer in Schwarz und das Gemunkel damals im Dorf, daß die Tochter schwanger gewesen sei, aber niemand konnte sagen, was geschehen war, warum sie aufgespießt lag, vom Heuboden in die Gabel stürzte.

Kein Glück in der Familie, kommt mal die Freude, ist sie am Hinken, den Diplomtag hat Adolfs Krankheit verdorben, noch bevor der Apfelkuchen aufgetischt war. Seitdem reden die Zwillinge noch seltener mit dem Bruder, sehen ihn nur komisch an, und sie fühlt sich schlecht, als habe sie eine Schuld auf sich geladen, ein Kainsmal, als wäre Adolf nicht mehr Adolf, habe sich ein anderer seines Körpers bemächtigt und lasse ihn zittern, zucken, sich in Krämpfen winden, schäumen. Keiner in der Familie wußte von dieser Krankheit, warum Adolf, er schien wie besessen, besetzt, es war unheimlich, wie lange, kann sie nicht sagen, zu lange, die Schwägerin hat Schwefel gerochen und sich bekreuzigt, als Adolf endlich wieder Adolf schien, waren die Gäste verschwunden und der Diplomtag gestorben.

Vorbei auch die Hoffnung auf leichtere Tage in ihrem neunundvierzigsten Jahr, ein jäher Frost und alles verbrannt wie die Kirschblüte im Frühling, aber kein Schnee, der diesmal zugedeckt und gewärmt hätte. Die folgende Nacht war steinern gewesen, stumm, nur das gleichmäßige Atmen des Sohnes neben ihr, aber es machte sie nicht ruhiger, sie war angefüllt mit Entsetzen und konnte nichts loswerden, nicht losschreien, bis das Dorf zusammengelaufen wäre, denn sie hätte nicht mehr aufhören, das Schreien anhalten können. Neben ihr der riesigbreite Sohn, der seine eigene Schlafkammer bräuchte, schließt sie die Augen, kommen die Bilder des Diplomtages zurück, den Apfelkuchen hat sie Tage später an die Hühner verfüttert, aber ihre Furcht ist geblieben, daß es wiederkommt, wieder und wieder, Fallsucht heißt die Krankheit. Der Pfarrer hat Adolf das Ministrieren untersagt, und der Doktor von einer Fehlentwicklung im jugendlichen Alter gesprochen, so sehr hat sie sich irgendeinen Trost gewünscht, ein gutes Wort, hätte die dümmste Lüge der Wahrheit vorgezogen oder daß es zu schneien begonnen hätte in dieser Nacht, den Sohn und sie eingeschneit hätte, Bett, Schrank, Nachttisch, ein Schneelaken ihre Angst besänftigt, die ihr seit dem Diplomtag anhängt, die sie loswerden muß, oder wird sie verrückt? Beim Samstagsputz in der Pfarrkirche hat sie sich plötzlich laut reden hören und war erschrocken, wie das hallte im Kirchenschiff, verhallte, keinen der Heiligen hat es gerührt, das Altarlicht ewig am Leuchten, kein Luftzug, kein Flackern, hilf dir selbst, das hat sie verstanden, der von oben schaut hin, schaut nicht hin, seine Erde ein Jammertal, die Liebe nur ein Wort, von dem keiner satt werden kann.

Sie hätte den Sohn erschlagen können, hat damals blind in seine elende Fleischfratze geschlagen, erschrocken, entsetzt, wie ihn die Wespen zugerichtet hatten, enttäuscht, daß er am Hohen Pfingstfest so entstellt als Ministrant nicht zu gebrauchen war. Die Zwillinge hatten Mitleid, machten ihm Umschläge, und sie würde es gerne ungeschehen machen, aber muß es aushalten, ihr Versagen, den Sohn und ihre Zweifel an einer Liebe, die umbringen kann, der Pfarrer hat ihr die Absolution erteilt.

Adolf war immer der gleiche bis zum Diplomtag, der alles verändert hat, Adolf, ihr Zusammenleben, eigentlich unheimlich, wie er sich aufspielt, die Zwillinge und sie einschüchtern kann, als wären da zwei, die Krankheit und er, ein Körper und zwei Köpfe, nicht mehr auseinanderzuhalten, wer da redet, das Sagen hat. Sie will nicht wieder versagen, aber wer weiß schon, was richtig ist, nicht nur bei Nacht kommen die Gespenster, die Gedanken drehen im Kreis, und sie sieht sich wie wahnsinnig dagegenstrampeln, aber es bringt sie nicht weiter, nicht raus aus dem Kreisel, sie ist das Kind im Bach, ein heißer Tag, sie darf mit der Familie des Tierarztes baden gehen, der Bach durchschneidet eine Wiese, sie sieht die steile Böschung, das hohe Gras, die Sumpfdotterblumen, verliert den Grund, sieht die Wasserblasen über sich und boxt ums Leben, aber die Gumpe gibt nichts frei, nicht freiwillig, die Wiederbelebung hat sie nicht mitbekommen, das Licht aber wird sie nicht vergessen, das goldwarme Licht, während das Kind neuen Atem holt, gierig das Licht zu trinken scheint, mit ihm verschmilzt, lange gewesen, ausgeträumt.

Sie mag sich nicht bedauern und begreift ihre Panik nicht, im Spiegel das Gesicht einer Fremden, mit der sie nichts gemein hat, die Gedanken ein Kreisel, ein Sog, der sie tiefer zieht. Als habe diese Krankheit einen Makel und sei die ganze Familie zu ächten, die lüsternen Blicke der Kirchgänger, als kämen sie zerlumpt oder nackt, dann denkt sie ans Wegziehen und scheuert sich daran, dankbar, wenn die Müdigkeit sie einholt und stundenweit Aufschub gewährt. Ein toter Brunnen, um den sie kreist, was ist daran nicht zu begreifen, bisher hat sie doch alles begriffen, würde sie in diesen Brunnen stürzen, es käme kein Tropfen, kein Laut, und ihr Körper bei den Selbsttötern verscharrt, eine verlorene Seele, oder so viele Seelenmessen auszuhandeln, daß es zur Renovierung der Kanzel reichte.

Ein Seelenhirte, der Pfarrer, die Spitztürme der Kirche sollen zwei Hauben werden, aber im Opferstock habe es mehr Knöpfe als Münzen und dem Mesmer, der von den Hauben schwärmt, ist ein langes Leben zu wünschen, mit der Zahl der Kühe wächst der Geiz. Das Gejammer der Bauern über ihren Betriebsleiter, der seine Schwester mit dem Kind aufgenommen hat, als wären die Rahmwannen der Genossenschaftsmolkerei wegen zwei Essern mehr in Gefahr auszutrocknen. Dennoch, es fiele schwer, von hier wegzugehen, als müßte sie ihr Leben zurücklassen, ihre gelebte Zeit, hier versickert, in diesem Dorf, diesem Haus. Vielleicht mehr schlechte als gute Tage, ganz egal, das klebt, bindet wie eine Ehe, auch das vorbei, deswegen muß sie keiner bedauern, mehr Last als Trost, vorbei, lieber selber in die Stiefel, und es geht, das Gefühl möchte sie nie mehr verlieren. Sie wird Adolf die Läden am Haus streichen lassen oder den Gartenzaun oder beides, er soll merken, daß die Schonzeit vorbei ist. Noch ein Jahr, und er braucht einen Beruf, der Lehrer hat ihn zu früh abgeschrieben. Grüne Läden und einen grünen Zaun, daß es leuchtet, schreit, es geht hier ordentlich zu, wir sind eine normale Familie, und wenn es Adolf gefällt, kann er eine Malerlehre beginnen.

Strafe Gottes oder Schöne Tage

Er hätte sich noch mehr brechen können, sagte der Onkel, und kam mit Milchschokolade, Milchnuß mag Adolf lieber, er lag eingegipst, aber sah noch immer die haushohe Leiter an der Wand und sich am Boden, von ihr abgeworfen, als wäre sie ein störrisches Pferd. Es war blitzartig geschehen, schneller als man denken kann, und kein Mensch dabei, auch keiner, der Adolf diese Geschichte abgenommen hätte, außer Luca, den sie hier Lukas riefen, sein neuer Freund Luca, der ihn vor der Operation rasierte und die Leiter zersägen würde. Adolf schenkte Luca die Milchschokolade, noch lieber hätte er Milchnuß verschenkt oder die mit Rum und Rosinen, nur für Erwachsene, Adolf weiß, wie sie schmeckt, und hat schon mal Bier getrunken, einen großen Schluck reingezogen, geklaut, der Onkel ist für Schnaps, schüttet ihn zum Testen auf die Tischplatte, stolz, wenn die Lache brennt, den nächsten gießt er ins Glas und leert es in einem Zug. Luca hat bei der Geschichte gestaunt und eine Illustrierte mit seiner Traumfrau aufs Bett gelegt, Adolf ihn bewundert, wegen der Freundin und überhaupt, wenn er zockt, prasseln die Münzen. Adolf hat keine Ahnung, aber kann es klingeln hören, Luca ist bald neunzehn und kleiner als

Adolf, zu klein für einen Krankenpfleger, soll ihm beim Vorstellen gesagt worden sein, aber alle wollen ihn, seine Hände sind vorsichtig und ungewohnt weich, sterbensschön für Adolf, und er spürte dabei seinen Schwanz steifen. Die Leiter will er doch nicht zersägen und den Gips behalten, auf den Luca sein Meer gekleckst hat, ewig behalten, das Meer und das Boot mit dem Namen Adolfo, doch weiß Luca, daß er nicht schwimmen kann, ein Wildhüter muß nicht schwimmen. Adolf stellt es sich schön vor mit den Tieren, die Idee ist ihm im Spital gekommen, aber er redete nur mit Luca darüber, und von den Molchen, die er gefangen und im Grottensee ausgesetzt habe, ideal für Molche, sein Rand versumpft, und der Besitzer habe vergebens Zaunpfähle in den Boden gerammt, einen Zaun aufstellen wollen, aber für die Molche, Unken und das Krötenzeug sei es paradiesisch gewesen, und für Adolf. Er sei beinah täglich hingegangen, habe Stunden zugebracht, ohne daß viel passiert wäre, habe sich einfach wohl gefühlt und seitdem fast vergessen, wie schön es gewesen sei, mit Luca wäre es wieder da, auch der Tag, wo Adolf den See nicht mehr gefunden habe, und keinen Molch, nichts, weg, tot, ausgetrocknet, trockengelegt. Luca sagte nichts, holte den Rollstuhl und hat Adolf herumgekarrt, durch die Korridore flitzen lassen, Adolf dabei die Augen zugekniffen, irrschön so abheben und nicht wissen, wo landen und ob es Bruch gibt, aber nicht mit Luca, zum Abschied eine Milchnußschokolade.

Die Mutter holte Adolf ab. Wenn er Wildhüter ist, wird er mit Luca ans Meer reisen und bald schwimmen können wie das Boot, das Adolfo hieß. Die Arztsäge hat den Namen zerschnitten, das Bild von Luca, obwohl Adolf dabei die Augen fest geschlossen hielt, war nichts geblieben, nur die Gipstrümmer und weißer Staub. Luca schenkte ihm die Illustrierte mit der Traumfrau im Bikini, und er hat sie unter seine Matratze geschmuggelt, statt des Schlächtermessers, das plötzlich wieder am gewohnten Haken an der Küchenwand hing und die Mutter von einem schönen Wunder reden ließ. Auch Adolf war zufrieden, stellte sich die Traumfrau beim Einschlafen vor, aber irgendmal war sie ausgereizt und Adolf durchblätterte das dicke Heft auf der Suche nach einer neuen, da sah er die Bilder, die ihn nicht mehr losließen. Obwohl kein Mensch zu sehen war, nur Wachtürme, Baracken mit wabenartigen Schlaflöchern, Stacheldrahtzäune, Bahngeleise, die am Lager enden, doch soll es Überlebende gegeben haben. Adolf las die Bildlegenden und erinnerte sich an eine Schulstunde, wo davon die Rede gewesen war und keiner hingehört hatte, hinhören wollte, als handle es sich um einen fremden und lebensfeindlichen Kontinent, den keiner freiwillig aufsuchen würde, auch Adolf nicht.

Er träumte, daß alle namens Adolf nach dort verschickt wurden. Der Onkel mit der Peitsche am Eingang trug einen Viereckschnauz, der aufgeklebt schien, beim Passieren seine Hiebe. Vor Adolf die anderen, Adolfe verschiedenen Alters. Die Menschenschlange bewegte sich langsam einem Punkt zu, den Adolf nicht sehen konnte, dann die Grube, randvoll mit Köpfen, Kohlköpfe, Menschenköpfe, Totenköpfe? Er wollte dagegenschreien, aber es ging nicht, kein Ton kam aus seinem offenen Mund.

Wie eine Strafe Gottes, hörte Adolf sagen, das war kein Traum, sein Onkel in der Küche, so eine Krankheit, sagte er, ein schwerer Schlag, und man müsse nicht denken, daß nur Adolf betroffen sei, wer würde noch in so eine Familie einheiraten, abgesehen davon, daß dieser Spuk sicher ebenso verschwinden könne wie er aufgetaucht sei, Adolf müsse es nur wollen, mit der Fallsucht aufhören wollen, normal wie alle sein, ein ganz normaler Mensch. Die Stimme verklang, schien auf eine Reaktion zu warten, sagte, eine Schnapsidee, sich plötzlich Adolfo zu nennen wie irgendein Fremdenschnösel, es sei schon schwierig genug, für einen wie Adolf eine Lehrstelle aufzutreiben, und habe ihn manches Bier am Stammtisch gekostet, auch das noch zu verschmerzen, denn es sei geschafft und jetzt Adolf dran, seinen guten Willen zu zeigen, ein Glücksfall, wenn man bedenke, was alles für einen wie Adolf nicht möglich sei. Wer könne schon einen Flachmaler brauchen, der in die eigenen Farbtiegel stürze, oder einen, der sich als Wildhüter wie tollwütig am Boden wälze, ein Glücksfall, daß der Molkereiarbeiter für sich abgesahnt habe, ein Dummkopf, so was könne nicht gut enden, aber wenn einer Dino heisse, er habe nie verstanden, warum man in eine Genossenschaftsmolkerei nicht jemanden hole, der im Dorf aufgewachsen sei, aber nun bekomme Adolf eine reelle Chance. Immerhin sei er kräftig und nicht ganz dumm, könne sogar überraschend gut rechnen, ohne die Fallsucht hätte er bei ihm bauern können, seine Tochter werde nicht mehr lebendig, man müsse sich abfinden, auch wenn es schwerfalle, die Natur sei stärker als der Mensch. Früher oder später warte auf jeden die gleiche Grube, ihresgleichen sei nicht zum Vergnügen auf der Welt und Adolf könne nun zeigen, was er tauge, müsse ja nicht gleich ins Milchbassin fallen und eine Überschwemmung verursachen, oder? Der Onkel lachte ins Schweigen, ließ sich seine Erfolgslaune nicht nehmen, sagte, und außerdem das Militär, leider ganz zu vergessen, obwohl der Drill noch keinem geschadet habe, Adolf solle sich bloß nichts einreden, eigentlich sei er schon ausgemustert, bevor er eingemustert werde, das wolle er ihm beibringen, am besten gleich, wo er denn stecke? Aber Adolf schien verschwunden, sah die Füße der Mutter an seinem Bett und ließ das Atmen.

An der Rampe

Das blecherne Getöse, Klirren, Klappern der Kannen, wenn die Milch auf Karren und Wagen angeliefert wurde, strenges Wiegen, Verbuchen, und Kussel die Instanz. Gestreifter Drillichkittel, dunkle Hose, die Bänder der langen weißen Schürze um den gewölbten Bauch gebunden, der kurzgeschorene schwarze Igelkopf verstärkte sein bulliges Aussehen. Die kohledunklen Augen ständig am Fassen, Mustern, ein Ringer, der blitzartig den Gegner auf die Matte legt, sollten sie ihn doch den Chinesen nennen und glauben, er wüßte das nicht, er kannte seine Leute, auch die im Dorf, solange das Milchgeld stimmte, war er ihr Meister.

Morgens, abends? Für die Arbeit im Kellergewölbe egal, und die Geräusche von der Molkereirampe schon gewohnt für Adolf, nur nicht der säuerliche Geruch, der hier schwelte, ein Gemisch aus Molke, Labkäse, Buttermilch. Adolf mochte keine Milch, als er zum erstenmal vor den Becken mit der cremigen Brühe stand, mußte er sich anstrengen, nicht hineinzukotzen. Kussel hatte ihn durch die Molkerei geführt, die Butterei, Käserei, Salzerei, ihm die Maschinen erklärt, Zentrifuge, Käsepresse und Buttermaschine, die Reife- und Trockenkammern gezeigt, den Lager- und Verpackungsraum, überall der gleiche Geruch, ein Blinder hätte angeben können, wo er sich befand. Im ersten Stock die Wohnräume von Kussel, mehr als nötig, ein Spielzimmer mit Steiff-Tieren solle es geben, darunter lebensgroß ein Zehnender, im Glasschrank die Zinnsoldaten, Kriegsmaschinen, ungebraucht, denn Kussels Ehe war kinderlos und das Schwesterkind ein Mädchen. Er habe seine Verwandten vorübergehend aufgenommen.

Wenn Adolf mit den Käsern an den Mittagstisch kam, schöpften die Frauen aus den Töpfen und das Mädchen servierte. Kussel verließ als erster den Tisch, plumpste aufs Sofa, und während die Münzen aus den Hosentaschen fielen und das Schwesterkind suchend auf dem Boden herumkroch, waren alle Esser vom Tisch und saßen in der schmalen Käserkammer. Die Wände mit Rehgeweihen und einer mächtigen Hirschschaufel bestückt, Jagdtrophäen des Chinesen, fensternah die beiden Kirchtürme mit der Kirchenuhr, die metallisch den toten Mittag ausgongte.

Adolf im Kellergewölbe, die Regale mit runden und rechteckigen Käselaiben belegt, reihenweise auszuwickeln, zu waschen, zu salzen, in frische Käsetücher zu hüllen, und bei jedem Mal der massive Geruch und sein Ekel, der den Gluckser auslöste, während er die Laibe bearbeitete, schließlich an das höhergelegene vergitterte Kippfenster lief, den Spalt öffnete und hungrig die Luft einsog. Ein Häftling vielleicht, ein Ausgestoßener, am Ruder einer Galeere, wie viele Jahre, wer weiß, und der Chef am Bratenstücksäbeln, immer so gegen zehn, hatte Adolf in die Küche zitiert.

Das Holzbrett voller Saft, der Chef genüßlich am Kauen, soweit auch mit Adolf zufrieden, bis auf den Namen, weil es schon Alfons gebe und das A im Schichtplan mit Alfons identisch sei wie das B mit Bert oder M mit Max. Das A von Adolf habe nun alles durcheinandergebracht, weil A 1 und A 2 oder keiner von beiden zur Schicht gekommen sei, Adolf müsse sich einen anderen Namen zulegen, was er zu Hans meine? Falls er nichts dazu sagen könne, werde Adolf im nächsten Wochenplan unter H wie Hans notiert. Er stand in der langen Gummischürze und schaute zu Kussel, der ihn kauend musterte, ohne daß Adolf reagiert hätte, sein Mund zusammengepreßt, damit ihm jenes Wort nicht auf den Tisch fiel und unter das Messer von Kussel geriet, der nicht wissen durfte, daß man ihn den Chinesen hieß, und chinesisch war er ja auch irgendwie. Es begann mit den schlitzigen Augen und dem, was Adolf sonst so aufgeschnappt hatte, der Chinese gab ihm mit dem Messer in der Hand das Zeichen zum Abtreten, und gleich dröhnte der hochtourige Starmix, zermanschte die rohen Kartoffelstücke. Zu Mittag Knödel oder Puffer, die Schwester hatte diese Gerichte eingeführt, mitessen heißt vor allem mitarbeiten, oder brauchte sie nur ein Dach, denn beim Sitzen und Essen hat sie keiner gesehen. Der Eigenbedarf an Molkereiprodukten war dem Chinesen freigestellt, würde er ansteigen, wäre es zu belegen, und vor manchen Besuchern soll er die Schwester in der Speisekammer versteckt haben.

Adolf sah seinen Händen zu, sie schienen automatisch, Automaten zu sein, abgelöst von ihm, griffen nach den Käselaiben im dritten Regal, im vierten? Die Hände wußten mehr als Adolf, Hans?, er wollte keiner von beiden sein, als Keiner zum Bahnhof und verschwinden. Der Gedanke gefiel ihm, alles zu verlassen, zurückzulassen, vor allem Adolf, die Mutter würde ihn eingerahmt an die Stubenwand hängen, womöglich neben den Vater, nur ohne Trauerflor, aber Adolf wäre tot und er woanders ein anderer mit anderem Namen. Der Adolf war ihm übergestülpt, vom Lehrer verpaßt worden, aber den Hans ließ er sich nicht anhängen, auch wenn seine Idee mit dem Bahnhof gar nicht funktionieren konnte, weil das Dorf, im Hochtal gelegen, nie einen Bahnhof hatte, keine Züge, Schienen, Fahrpläne, aber von Straßen gut erschlossen war. Um den Kirchhügel die Häuserherde, dann Äcker, Wiesen, der hügelige Waldgürtel, zur Jagdzeit der scharfe Hall der Schüsse, rund ums Dorf. Ihr Echo ein Lautpanorama, farbige Lautlichter, nicht nur zur Jagdzeit, in der Kiesgrube der Nachwuchs am Zielen, Treffen, Siegen.

Das Käsetuch färbte sich rot, mußte von Adolf erneuert werden, er hatte eine Mücke erschlagen und staunte über das Ausmaß. Vor kurzem hatte er einen Krimi geträumt, der Kommissar sagte seinem Assistenten, daß es Zeit wäre für seine Walter PPK, und schon lag der Kommissar, sein Regenmantel blutgetränkt, ebenso hätte es eine 08 Mauser, Browning, Hämmerli, Werder oder eine LAR Grizzly getan. Was Adolf darüber wußte, hatte er aus den zerfledderten Magazinen im Käserzimmer, hatte sich seitenlang durch den Markt mit Lang-, Faust- und Blankwaffen geblättert, durch Waffenrecht und Waffensachkunde.

Im Sonntagszimmer des Chinesen ein gläserner gesicherter Schrein mit Jagdgewehren und Liebhaberwaffen, eine Winchester darunter und im Kästchen aus Wurzelfaserholz zwei Duellpistolen. Der Chinese war ein guter Stratege, der Waffenliebhaber hatte es zum eigenen Jagdrevier gebracht und war, was das anging, auch für Adolf beispielhaft, in der Jagdzeit kam für alle Käser ein Hirschpfeffer auf den Tisch, Jagdbeute des Chinesen, dazu Jägerlatein und seine Story über die Dame im Kugelfang, das Gesellschaftsspiel vor einhundertfünfzig Jahren. An der Salonwand ein Kästchen mit einem eisernen Kugelfang zum Hochklappen, eine zierliche Pistole mit Zündhütchen und kleinen Rundkugeln bestückt, als Ziel gilt die Platte im Zentrum, der Herr des Hauses und seine Gäste legen an, klappt es, zeigt sich die Herzdame aus Karton und wird mit Hilfe einer Kordel wieder zum Verschwinden gebracht bis zum nächsten Treffer, aus zehn Schritten Entfernung an die Gegenwand.

Was noch keiner wußte, daß Adolf vor einiger Zeit mit dem Postbus in die Stadt gefahren und in einer Waffenhandlung gewesen war, daß unter seiner Matratze nun eine Armbrust aus Plastik lagerte, mit der er die Wäscheklammern von der Leine holen konnte, und in der Waffenhandlung ein Papier zu unterschreiben gewesen war, das er mit A. Dolf zeichnete. Der Verkäufer hatte aber Doll gelesen, Herr Doll gesagt, er hätte es fast vergessen, zog eilends seine Gummischürze aus, die Gummistiefel, entschlossen, Doll zu sein, sich als Doll durchzusetzen.

Doll

Sie wurde von den Schüssen geweckt, ging ans Fenster und glaubte, es sei Krieg, so was passiert auch im Frieden, gerade im Frieden, glaubte sie, sei Krieg, unbemerkt und lautlos, aber Krieg, lange schon irgendein Krieg, nur ohne Schüsse, gottlob nicht jeder Schuß zu hören, mit dem zu jeder Minute irgendwo ein Mensch getötet wird. Sie starrte durch die Ladenritzen nach draußen, aber alles war wie immer, nächtlich still, bis auf die Schüsse, die niemanden aufzustören schienen, auch Doll nicht, der für sie Dolf geblieben war und neuerdings im Zimmer der Zwillinge schlief, wenn diese bei einer gemeinsamen Kollegin in der Stadt übernachten wollten. Noch immer die Schüsse, so nah, als säßen die Schützen auf ihrem Dach, sie mußte Dolf wecken, brauchte Dolf.

Seine Zimmertür war angelehnt, das Bett unbenützt, es war ruhig geworden, vielleicht ein Alptraum, alles geträumt, aber Dolf, sie konnte sich nicht vorstellen, was mit ihm war, als würde sie in einen blinden Spiegel schauen, was konnte sie schon wissen, wenn er nie redete, ein Eigenbrötler, bei dem man sich das Fragen abgewöhnt, ratlos starrte sie durch den Türspalt auf das leere Bett. Ein neuer Knall, kurz und hell, er kam von oben, und sie lief die Treppe hoch, hatte vergessen, daß ihr im Dachboden unheimlich war und es nach Tod roch, wer so lange als Leichenfrau geamtet hat, weiß, wenn es nach ihm riecht, er sich eingenistet hat. Sie lief nach oben und sah die offene Luke im Dachgebälk, das helle Viereck von Sternen überstreut, dann den hünenhaften Schatten, der auf sie zukam, die Pistole auf sie gerichtet hielt, wollte dagegenschreien und erkannte Dolf, sagte, was soll das, willst du mich umbringen? Wer hat dir das Ding gegeben, her damit, das ist nichts für dich, du willst mir doch nicht Angst machen, ein Verbrechen, dir so was in die Hand zu geben, eine Teufelei, ein Verführer, hörst du, so hör doch, die Pistole, du hast damit geschossen, wie verrückt durch die Luke geschossen, ich will die Pistole, ein Wunder, daß keiner wach geworden ist, ein Glück, nirgendwo Licht, was ist bloß in dich gefahren, bist du krank, du mußt krank sein, sehr krank, deine Zähne klappern, ein Schüttelfrost, oder kommt die Fallsucht über dich, mein Gott, sind wir gestraft, die Toten zu beneiden.

Doll sah, daß sie redete, aber verstand kein Wort, in seinen Ohren ein Rauschen, vielleicht das Meer, Lucas Meer. Er konnte sie nicht verstehen, hielt die Pistole mit beiden Armen an die Brust gedrückt, daß es schmerzte, als wäre er ein Kind, das sich fürchtet und sein Spielzeug nicht hergeben will.

Er hatte viele Stunden an der Werkbank im Keller verbracht, die Schreckschußpistole gereinigt, poliert, neu eingerichtet, den Lauf präpariert, daß mit scharfer Munition geschossen werden konnte, war vom Erfolg überrascht worden und echt froh, stolz, am Triumphieren, es denen in der Kiesgrube zeigen zu können, hatte sie die ganze Zeit vor sich. Zündel, Feger, Win und Kloß, wie sie ihn aus der Kiesgrube gedrängt hatten, Schulter an Schulter, wie im Kino, ein Western, nur daß er noch lebte und seine Schreckschußpistole scharf schießen konnte. Er wollte es wissen, gleich, in dieser Nacht, war von der Werkbank auf den Dachboden gelaufen und hatte auf die Sterne gezielt und wie im Märchen alle heruntergeholt. Jeder Schuß ein Treffer, er zitterte vor Erregung oder Glück, aber die Hand blieb ruhig, schien metallisch, eine eiserne Pistolenhand, und die Sterne am Purzeln, verrückt. Luca hätte ihm jetzt einen Boxer verpaßt und er gekontert, aber so, zum Bersten schön und keiner, der es mitleben würde, alles tot, totengleich, das Haus, Dorf, sein Gefühl, in ein Eiswasser zu tauchen, langsam zu erkalten, einzueisen, schlagplötzlich dunkel geworden, alles gelöscht. Er kannte den Zustand, ein Schrecken ohne Namen, lud die Pistole ganz automatisch, würde rausschießen, schießen, sich freischießen, aber da stand sie, gespenstisch hell, und redete, redete, und Doll ertappt, belauert, eingekreist, hielt die Waffe auf sie gerichtet, dann gegen sich, an sich gedrückt, daß es schmerzte, ihn schauderte, schüttelte, Doll wollte es unterdrücken, abstellen, bündelte sich, ein kleines Bündel in der Hocke und noch die Pistole umklammert, an sich gepreßt, lange Zeit.

Vorbei, sagte sie, es ist vorbei, geh jetzt schlafen, wir müssen schlafen, schon bald wieder hell.

Doll hörte das Klopfen an der Zimmertür, aber wollte nicht aus der dumpfen Müdigkeit, die ihn wärmte, barg, nicht mehr wach werden, erinnert werden, an das, was er gewiß nicht zusammenbringen konnte, was dennoch unausweichlich schien.

Doll ein Verlierer, verurteilt zu verlieren, die Sterne oben, er unten, abgeworfen, womöglich alles vorgezeichnet, in die Haut gemorst, ein Schnittmusterbogen, ein Netz aus Strichen, Punkten, und die Stoffe, Geschichten schon zugeschnitten, nur überzuwerfen und damit zu leben, mehr oder weniger zum Glück begabt, das Wesentliche vorgegeben, wie Familie, Ort und Zeit, der Raster Gesellschaft und die alleinseligmachende Religion. Keiner kann wissen, was davon ihn einfärbt, prägt, ein Puzzle, das nie aufgeht, mehr Teile als Möglichkeiten, und womöglich im ungeordneten Rest die Auflösung, das Teil Wahrheit unerkannt.

Wieder das Klopfen, Poltern an die verschlossene Tür, das Doll aus dem Traum holte, ihn vor den Hufen der andonnernden Pferde bewahrt hat, vier Reiter, die aus einer Wolkenwand galoppiert kamen und auf Doll zuhielten, er war unfähig wegzulaufen, sah in die Gesichter der Pferde, die, den Schenkeldruck ihrer Reiter gewohnt, jedes Hindernis nahmen, Bestien für Doll, noch wach geworden meinte er ihre Hufe zu spüren.

Morgenbetrieb an der Rampe, der Chinese mit dem Bleistiftstummel, wie festgeklebt hinterm Ohr, am Beobachten, Anweisen, unmöglich, dem Chef zu entgehen, der keine Schlampereien duldete, und Verspätungen seien das Schlimmste, rücksichtslos, disziplinlos, an was Doll da herumkaue, ob Doll nicht mitbekommen habe, daß er dieses Amizeugs nicht ausstehen könne? Hier habe er das Sagen, keinen Kaugummi, keine langen Haare, überhaupt keine Schmuddelei, und wem das nicht passe, der könne sofort gehen. Was nun Doll angehe, fehle leider eine starke Hand, ohne Drill gehe gar nichts, da habe der Militärdienst schon Wunder gewirkt, aber wie es aussehe, bleibe gerade Doll vorerst zurückgestellt und müsse sich sehr anstrengen, um den Mangel auszugleichen, er wolle ihm die Chance geben, aber keinen Ausrutscher mehr, kapiert?

Reglos stand Doll, schien einbetoniert, auch die Stimme versenkt, weg, ein Viereckmensch, die Augen auf die Bauchkugel des Chinesen gerichtet, die aus dem offenen blauweiß gestreiften Baumwollkittel quoll und ein Sondermaß des Hosenbundes nach sich zog. Die Kalbslederne zur Jagd soll im Ausland angefertigt worden sein, auch der Sarg würde den Chinesen teurer kommen, aber dann wäre er tot, die Kugel von all den Braten und Schnäpsen geplatzt, sein Kiefer hochgebunden, der Mund für immer versiegelt, ausgeredet, vorbei, und seine Frau könnte einen anderen haben. Doll hat es bald mitbekommen, das Wann, Wie, Wo, sich öfters ins Klo verdrückt, an Schenkel und Brüste gedacht, die Frau aufgeknöpft und wie der Chinesenbulle ihr Fleisch gegriffen, gepackt. Er spürte sein Blut, erinnerte sich seiner krebsroten Ohren, haßte diese Abnormität, seine auffallend rote Haut, die ihn bei jeder Gelegenheit denunzierte, verriet, puterrot anlief, wenn die Frau in der Nähe war, eine Hitze abstrahlte, die wie Zunder übersprang, Hals und Ohren glühen ließ.

Noch immer seinen Blick starr auf die Körpermitte des Chinesen gerichtet, fixiert, wußte er nicht, was er dagegen tun sollte, wartete auf ein befreiendes Wort, das ihm erlaubt hätte zu gehen, sich von der Stelle zu bewegen, seinetwegen in die Katakomben der Käselaiber, nur weg, vergessen werden, vergessen.

Plötzlich das Grunzen, Quieken, als würde ein Schwein das Messer des Schlächters sehen und seine Todesangst in den Morgen schreien. So klug die Schweine, sensibel, aber was half es, pünktlich würde der Chinese seinen Braten vom Holzbrett genießen, wieder das Grunzen. Doll schauderte, es schien aus dem Bauch des Chinesen zu kommen, aber niemanden zu stören, vielleicht stimmte es, daß wer zuviel Schweinefleisch esse, dem Tier zu ähneln beginne.

Kapiert? wiederholte der Chinese, Doll nickte, und konnte sich endlich entfernen.

Glaubensfeste

Messe lesen oder Ohrenbeichte, der Neue auf dem Kirchhügel erledigte es schneller als der Alte oder zu schnell, denn seine sonore Stimme redete nicht jedes Mal die Verdammnis herbei wie der Alte, der seine Gläubigen gewöhnlich mit Herunterkanzeln, Abkanzeln aus ihrem sonntäglichen Dahindämmern aufschreckte. Beim Neuen müßten die Männer nicht mehr auf dem Kirchplatz herumstehen, bis ausgepredigt wäre, dennoch blieb es beim gewohnten Brauch.

Und nach dem Segen zum Frühschoppen in die Krone. Im Herrgottseck ein Fernsehapparat, irgendein Entertainer am Goldenen Schuß, die Zweitsendung eines Lou-, Vico- oder Rudi-Programms, der Ton ausgeblendet. Eine Pantomime, die das Ritual des Frühschoppens nicht stören konnte, auch nicht die appetitlichen Assistentinnen im modischen Mini, wozu sich versteigen, mit der Frau zu Hause geht es ohne Umstände. Wenn der Alte vor der Teufelspille und dem Zerfall der Sitten warnte, die Bastion Familie ohne die Pfeiler der Tradition, Autorität, Religion am Wanken sah und den Rock eine Musik für entfesselte Wilde nannte, schien keiner vom Dorf betroffen. Das Ganze war wohl ein Scharmützel gegen den zu largen Kaplan, der im Religionsunterricht den Sündenfall mit biologischen Abläufen zwischen den Geschlechtern vermischte, aufklären wollte, was lange aufgeklärt war, aber die Halbwüchsigen zu mehr Praxis animierte. Dann die Beichte beim Alten, der zuwenig taub war und die Bußgebete der Sünder verschärfte, aber lieber seinen Kaplan bußfertig gewußt hätte, statt auf dieser rostigen Vespa herumzuflattern, kaum seinem geistlichen Stand gemäß, schon die Haare länger als üblich, und ständig Neuerungsvorschläge, die der Alte zurückweisen, abschmettern mußte, erfahren genug, um zu wissen, was hier ging, nicht ging. Soll die alte Scheune weiter verfallen, aber kein autonomes Jugendzentrum, eine Zelle im Dorf, ohne Einblick, Überblick, wohin sich das entwickeln, auswachsen würde? Auch der Kaplan wäre dann überfordert, hat bisher zuwenig Autorität gezeigt, und schließlich heiße es »Kirche oder Coke«, der Hl. Bruder Klaus wäre von den Beatles und Jaggers abgesetzt und unsere Jugend wie überall am Kiffen, Huren, Gammeln und Krawallen, täglich zu lesen, zu sehen. Ein Import des Niedergangs, der Niedermacher, und es gilt, bildlich gesprochen, die Tore zu schließen, die Zugbrücken hochzuziehen, das Bewährte abzugrenzen, zu bewahren, die Kirche die Garantin, ein Fels der Dauer, und der Kaplan seiner Kirche untergeordnet, zu Gehorsam verpflichtet.

Der Alte nahm sich vor, mit seinem Kaplan Tacheles zu reden, damit er sich an die eigentlichen Pflichten eines Seelsorgers erinnere, statt dem

Schützenverein seinen Nachwuchs mit Volleyball abwerben zu wollen, was zum Glück mißlungen sei. Keinen Generationenkrieg, keinen Geschlechterkampf. Noch habe alles seine Ordnung, seinen Platz, im linken Kirchenschiff die Frauen, im rechten die Männer, und wenn er den Knienden den Segen gebe, sei er gerührt und bitte den Herrn, auch künftig seine Hand über die Gläubigen zu halten, sie vor dem Chaos, der Unruhe einer zu schnell pulsierenden Zeit zu bewahren. Er habe nichts gegen Spaziergänge auf dem Mond, aber die Wiederkehr der Jahreszeiten sei das größere Ereignis und im Säen, Reifen und Ernten mehr Wirklichkeit. Der Alte würde seinen Kaplan ins Studierzimmer bitten, von wo man die Steinkreuze auf dem Gottesacker sehen könnte oder über die Dächer in den grün gerandeten Horizont, das alles würde der Alte nicht aufgeben, nicht so bald, etwas kurzsichtig, sein Kaplan, in Gefahr, die Perspektive zu verlieren.

Er habe in der Bibelstunde vom Auschwitzprozeß geredet, von sieben oder acht Millionen Ermordeten, als könnte er sie damit auferwecken, aber habe nur Unruhe geweckt im Dorf. Achthundert Seelen, und der Alte würde für jede einstehen, schlichte, auch verführbare Seelen, aber kein Morden, keine Mörder in diesem Dorf. Eine Hölle wie Auschwitz für sie nicht vorstellbar, besser davon zu schweigen, statt die fremden Höllen zu beschwören, bis es brenne. Leider sei der Kaplan ein Ignorant, der die Dörfler mit seinem

Weltgewissen belästige, das Mitgefühl sei nie grenzenlos, könne nicht grenzenlos sein. Jeder habe sein Bündel, und wer wolle sich schon freiwillig mehr aufbürden, sogar Hiob habe nicht klaglos alles ertragen, bei zuviel Grauen schalte der Mensch einfach ab. Was habe die junge Generation, das Dorf hier mit Holocaust zu tun? Eine pauschale Verdammnis würde wohl auch der Kaplan fürchten müssen, der seinen Unterricht auf die ewigen Werte ausrichten solle, statt mit blutleeren Zahlen zu kommen.

Im Katechismus sei die Hölle eindrücklich dargestellt, und die Johannesapokalypse beispiellos, er denke an einen Holzschnitt von Dürer mit dem Titel »Der Engel mit dem Schlüssel zum Abgrund«, alles Wesentliche gesagt und durchaus zeitgemäß. Auf dem Hügel der Engel, der dem Suchenden die Richtung zum Tempel weise, er werde dem Kaplan die Abbildung heraussuchen. Eine spannende Komposition, im Zentrum der Erzengel mit dem Schlüssel, neben ihm der Teufelswurm mit Bocksbart, spitzer Zunge und Hörnern, eindrucksvoll häßlich die Brüste und seine Drachenhaut, entfernt die Terrassenstadt hinter Mauern, alles gegeben. Der Kaplan müsse es selber betrachten, das Brückchen zum Tempel, zum Beispiel, das der Gläubige betrete, um ins Gotteshaus zu kommen, könnte den Kaplan an sein Amt des Vermittelns erinnern. Allerdings sei er zuwenig gefestigt, und der Alte habe den Eindruck, daß er den Kirchenhügel lieber ganz abtragen würde, und müsse ihn ernstlich warnen. Sein Anbiedern, Gleichziehen mit den Jungen im Dorf habe ihm und seiner Kirche sehr geschadet, schwarz auf weiß zu belegen. Ein anonymer Wisch, in dem der Kaplan bezichtigt werde, daß er eine besondere Affinität zu Knaben zeige, was er dazu meine?, oder besser nichts meine und seine Reformideen vergesse, die das Dorf in Generationen spalten würden. Der Fortschritt könne handkehrum zum Rückschritt werden, aber gottlob gehe es hier noch gemächlich zu, auch die Kirche bleibe im Dorf, ausgenommen eine Veränderung, auf welche der Alte bestehen müsse, daß sich der Kaplan künftig bemühe, sich einzufügen, anzupassen, ein würdiger Diener der Kirche zu sein.

Schwarze Pirsch

Er hatte sie im Kino mit, aber sie gehörte ihm nicht, eine belgische Armeepistole, FN, 9 mm, er konnte sie durch die Jacke spüren, hatte ihre verfaulten Griffschalen durch neue, selbstgeschnitzte Schalen ersetzt, sie war schön geworden, der Chinese würde sie kaum wiedererkennen, so schön, und verrückt viel Feinarbeit, aber geschafft und vorbei. So trist, daß es vorbei war, das Fiebern, bis er nach der Arbeit in den Keller konnte, seine FN wiedersah und mit ihr das Kino im Kopf anfing, der Krimi live. Jahre hätte er so zubringen können. Der Chinese würde sie in den Waffenschrank sperren, ein museales Ding, das Doll womöglich wie die Käselaibe putzen müßte, aber noch war sie zu spüren.

Das Kino mittendrin und schön dunkel hier, seine Ohren gewiß am Glühen, nicht nur seine Ohren, ein Oswalt-Kolle-Film und die Kinobesucher nach Geschlechtern getrennt wie in der Kirche, links die Frauen, rechts die Männer und dazwischen ein Seil. Klinisch leise im Raum, kein Flüstern, Rascheln, keine Aktionen, keiner, der das Seil zerschnitten hätte, nur die Gerüche von rechts und links und die Hitze der Körper vermischten sich. Ein erregendes Bad für Doll bei geschlossenen Augen, ein Glücksgefühl, dem er sich gerne überließ, er fühlte sich leichter, die Pistole auf sich, unbesiegbar leicht, dachte an die Neue in der Molkerei, die Maria hieß, aber kaum Deutsch konnte, immer nur lächelte, egal, wovon die Käser redeten, am Lächeln war. Die schwarzhaarige Maria in der Schußlinie der FN, sie einmal zum Zittern bringen, da ist er gut, seit er am Schießstand den zweiten Preis gemacht hat, weiß er, daß er gut ist. Auch ohne einen Vorderlader zu besitzen, gewöhnlich vom Vater an den Sohn weitergegeben, wüßte er damit umzugehen, würde im Saloon die Flaschen durchlöchern wie der Held in Bonanza und der Herzdame zu ihrer Verteidigung eine 6 mm Terzerol in die Beuteltasche versenken. Oder Las Vegas, die größte Waffenmesse, Shotshow der Welt, sein Traumziel, seit er davon weiß, sein absoluter Traum, sehen und sterben, er redete nicht darüber, wäre auch keiner gewesen, der zugehört hätte. Er war ja niemand, in seiner ganzen Größe zu übersehen, das hatte er erfahren, aber es machte ihm nichts, übersehen zu werden, war lieber in seinem Keller und arbeitete an dem Metall, das unter seinen Händen geschmeidiger zu werden schien, geschmeidig und warm.

Ein komischer Traum, der ihm nachhing, ihn noch beschäftigte. Sein Schulzimmer ein Waffenarsenal, auf jeder Schulbank eine Waffe. Flinten, Karabiner, Büchsen, auch Pistolen und Kampfmesser, japanische Schwerter, Krummsäbel, Bajonette. An der Wand lehnten einige Rüstungen, auf dem Katheder eine rumänische Kalaschnikow mit dreißig Patronen, dreißig Schüler damals in der Klasse, aber keiner da. Auf der Bank von Doll, letzte Reihe, lag eine Pistole mit Elfenbeingriffschalen, die ihm gefiel, Mamba, Südafrika. Er mußte laut gelesen haben, denn das Mamba knallte stakkatoartig von den Wänden, eher Schüsse als ein Echo, er legte die Pistole zurück, aber das Stakkato ging weiter. Er nahm ein Gewehr, eine Trapflinte, die Kappe war mit Arabesken verziert, ähnliches hatte er noch nie berührt, die Perazzi nur abgebildet gesehen, nahm sie und richtete versuchsweise den Lauf gegen das pausenlose Stakkato, das auf ihn prallte. Dabei drehte er sich und hatte die Reliefkarte im Visier, daneben die Abbildung des Blutgefäßsystems, rotblaues Mäandern menschlicher Venen und Arterien, im großen Bogen die Aorta, sah plötzlich das Blut stoßweise aus der Halsschlagader quellen, über die Bildtafel fließen, den Boden färben, ließ die Flinte sinken und bemerkte seinen Lehrer am Katheder mit der Kalaschnikow, nun auf ihn gerichtet. Das Mamba, überlaut, schien näherzukommen, Doll einzukreisen, der sich nicht von der Stelle rührte, auf irgendein Ende wartete, aber er war nur wach geworden, erleichtert, daß er lebte, das Ende offengeblieben. Gewiß hätte der Lehrer geschossen, ihn hingerichtet, ein Blick, eine Handbewegung, und Doll stände wie früher mit dem Rücken zur Wand, zum Abschuß frei, und nur etwa fünfeinhalb Liter Leben zu vergießen.

Am Ende des Kinos der Exitus. Der Abspann war noch am Flimmern, drängte die Mehrzahl aus dem Raum. Doll hätte sie mit der FN durchs Kino jagen können, der Gedanke machte ihm Spaß, diese stumme Herde in eine Ecke zu treiben, die Mädchen, Männer, als habe er mit der Waffe hundert Arme und Augen mehr, eine Lust besonderer Art, er wußte, daß er ihnen überlegen war, auch wenn sie es nicht mitbekommen hatten, ahnungslos blieben. Es war reizvoller, einer unter vielen zu sein, ein Handgriff in seine Jacke, und alle Trümpfe bei ihm. Ein williges Mädchen, die FN, wer weiß, in wie vielen Händen sie schon gelegen und wieviel Tod sie gebracht hat, aber nichts mehr zu riechen, nichts daran faul, seine Nase war überempfindlich und roch auch den Tod, meinte Doll.

Er nahm gewohnheitsmäßig die letzte Bank im Bus und in der Kirche, um den ekligen Gerüchen zu entkommen, dem Lilabraun der alten Frauen oder dem Knochengrau alter Männer. Seit er die Mutter als Leichenfrau begleitet hatte, wußte er, wie es in der Nähe des Todes riecht, kein Weihrauch kam dagegen an. Es klang aus dem Geläute der Totenglocke und haftete an den dunklen Kleidern der Trauernden, auch der blutsüße Geruch mancher Frauen war beklemmend für Doll, als würde er, davon angelockt, von ihnen eingesogen und wieder gewaltsam herausgepreßt werden.

Auch wenn er mit den anderen im Käserzimmer seinen Mittag abhockte und sie ihre Erfahrungen mit Marias oder Magdalenas austauschten, als Kulisse die Geweihgalerie des Chinesen oder die Wucherungen aus den Köpfen von Alfons, Max oder Bert, kam lautlos die Panik über Doll. Gerüche, die ihn würgten, aus dem Zimmer zwangen, die säuerliche Milchhaut der Käser schien ihm mit süßlicher Verwesung vermischt, er lief dann ins Klo und erbrach den Wust aus Ekel und Angst.

Im Gewehrschrank des Chinesen die FN-Pistole, sauber und kühl läge sie in seiner Hand, Doll würde sie spannen und die stinkenden Käselaibe im Keller durchlöchern, Reihe für Reihe, seinen Spaß haben, gewaltig viel Spaß, und keiner ihn stoppen können. Würde ihnen Namen verpassen, die ihm oft genug hochkamen, ihn bedrängten, wie Zündel, Feger, Win und Kloß, mitten in die Laibe zielen und sie ungenießbar machen. Auch der Chinese wäre dran, der ständig von der Wildschweinplage in der Gegend redete und für die Bauern vermehrt auf die Pirsch ging, aber mit Hilfe des Nachtsichtgeräts und eines Restlichtverstärkers heimliche Liebespaare anvisierte und sie zur Strecke gebracht habe, wie er sagte, dabei gnadenlos grinste.

Seinen Tod erschiessen

Den ganzen Geröllhang hinuntergekollert, gestürzt, ein schwerer Brocken, nichts abzufangen, aufzuhalten, der Boden gefroren, seine Frosthalme weiße scharfe Dolche. Jemand könnte ihn gestoßen haben, aber der Film war gerissen, Blackout, der Mensch auf dem Boden der Kiesgrube schien in Stücke zerbrochen. Rote Risse, die über Kopf und Hände liefen, die Rinnsale gefrorenen Bluts, und der Mensch lag mit geschlossenen Augen. Über ihm der dichte Himmel, lastete auf der Grube, müßte der Mensch sterben, würde es lautlos geschehen und ohne Beistand oder Zuspruch, ohne das Gezänk der Raben, das sonst dort zu hören war, trotz manchen Schießübungen in der Kiesgrube, dem gewohnten Freizeitgeknalle. Der Wilde Westen, sagten die Dörfler und dachten nichts Böses, unendlich die Möglichkeiten, gewaltsam zu Tode zu kommen.

Jemand nimmt den Interzonenzug vom Süden in den Norden, zwei Pistolen als Reisebegleiter, eine im Schulterhalfter unter der Wildlederjacke verborgen, die zweite, eine Röhm, RG 5, Kaliber sechs Millimeter, in der grünen Einkaufstasche dazu Gaspatronen und einhundert scharfe Patronen. Die Grenzpolizisten haben den Visumstempel in seinen Paß gedrückt und ihn passieren lassen. Jemand kommt am Bahnhof Zoo an und will morden, er hat sein Opfer in verschiedenen Zeitungen abgebildet gesehen und sich sein Bild gemacht, sitzt auf einer Bank und kaut Schrippen mit Wurst. Sucht die Adresse seines Opfers herauszufinden und bekommt sie für eine Mark beim Einwohnermeldeamt ausgehändigt, stärkt sich wieder mit Linsensuppe und zwei Bouletten, was ihn friedfertig stimmt, und er erwägt, sein Vorhaben bis auf weiteres aufzugeben und zurückzureisen, als das Opfer mit seinem Fahrrad das Haus verläßt und für seinen drei Monate alten Sohn eine Medizin besorgen will. Ein Nachmittag auf dem Kurfürstendamm, und plötzlich die Schüsse, zwischen Augenblick und Augenblick, ein Fahrrad auf dem Boden, zwei verlorene Schuhe, eine zerbrochene Armbanduhr, an der Lenkstange die volle Büchertasche, frisches Blut, ein Blutweg, der vom Tatort zu einer nahen Sitzbank führt, der Täter geflohen. Jeder Tod ein Weltuntergang. Jemand betritt die Banca della Agricoltura in Mailand, reger Kundenverkehr, und sprengt das Haus mit den Menschen in die Luft, und nicht mal Krieg, wo das Handwerk des Tötens zum Überleben gehören soll, Aug' um Aug', immer ein Untergang, das Kriegswerkzeug der Garant, GIs gegen den Vietcong, am Ende die Splitterschutzweste als schönes Souvenir, der Krieg überdauert in den Nischen eines Friedens.

Vom Rand der Kiesgrube war der Gestürzte kaum auszumachen, ein großer dunkler Flecken, unweit eine Pistole, die er testen wollte, falls er nicht gestoßen worden war, hatte ihn seine Absence im harschen Gelände zum Stürzen gebracht, ein junger kräftiger Mensch, der langsam festfror, im diesigen Licht des späten Tages eins mit dem Boden schien, entfernt ein leiser Beobachter, ein Tiermonument, Fuchs, Hund oder Wolf, das unmerklich näher an den liegenden Körper rückte.

Der Beobachtete war abwesend, in einem fensterlosen Raum, einer Instanz ausgeliefert, von der er wußte, daß sie grausam und willkürlich vorging, aber keine Möglichkeit, ihr zu entkommen. Der Raum eine Box ohne Ausgang. Er hockte am Boden, um ihn eine Menge verschiedener Metallteile, Silberschafte mit feinziselierten Jagdszenen oder Pflanzenranken. Eigentlich paradiesisch für einen Waffenliebhaber, der aus den verschiedenen Teilen eine Glades Gunworks HC 20 zusammenpuzzeln sollte, wären seine Hände dafür zu bewegen, nicht übers Kreuz gefesselt, aber er versuchte es, mußte es versuchen, wer die Instanz enttäuscht, muß sie fürchten. Seine Finger hangelten nach einzelnen Metallteilen, aber meinte er sie zu greifen, entglitten sie, entwanden sich den eisstarren Händen. Er fürchtete, vor der Instanz zu versagen, fühlte sich von ihr überwacht, wollte sich verteidigen, erklären, daß er nicht schlechter als ein Büchsenmacher sei und auch dieser dabei scheitern müßte, aber seine Stimme war abgewürgt, ein Alb, der ihn kaum atmen ließ, ein kalter harter Kloß. Er hob die gefesselten Hände und schlug gegen die

Wände, die näher kamen, ihn zu erdrücken drohten, und sah seine Finger abbrechen, herunterfallen, zersplittern, als wären sie Eiszapfen, die ein kräftiger Schlag vom Dach geholt hätte, und er verstand, daß ihn keine Anstrengung befreien könnte, schon alles beschlossen war.

Er bedauerte, daß Luca nicht bei ihm war, keiner erfahren würde, daß sein Tod ein Tiergesicht hatte und stank. Gelbe Lichter, die ihn musterten, ein schmaler rotbrauner Kopf, spitze Loser. Das Gesicht kam näher, er sah den Geifer aus dem Maul laufen und richtete sich angeekelt auf, die Bewegung schmerzte, auch das Atmen. Das Tier hielt ihn ruhig im Blick, als wären der Mensch und das Tier alte Verwandte, die sich an eine schöne Ewigkeit erinnerten und gleich zu erzählen begännen, die sakrale Stille mit ihren Stimmen färbten, ein liturgischer Gesang der Freude auf die Schöpfung. Aber er wollte nichts mehr als in seine Müdigkeit taumeln, hineinfallen, das Tier zwang ihn, wach zu bleiben, er fürchtete die spitzen Zähne in seinem Fleisch, obwohl es seltsam zutraulich schien, beinah zahm, womöglich das Blut von der Hand geleckt hätte, blieb er auf Abstand bedacht. Das rotbraune Fell schien mit einem Hauch schwärzlicher Asche überpudert, ebenso seine buschige Rute, aber die gelben Lichter waren es, die ihn nicht losließen, lähmten. Nur das Zittern ließ sich nicht unterdrücken und der Biß der Kälte, der ihn zu verbrennen schien, er sehnte das Ende herbei, irgendein Ende der elenden Gegenwart, sterben oder leben, egal, nur ein Ende, die Lichter, der Wahnsinn aus, sie erschießen, hineinschießen, er erinnerte sich, warum er in die Kiesgrube gekommen war, an die Pistole, und versuchte, Aug' in Aug' mit dem Tier, nach der Waffe zu greifen. Es strengte an, seine Hände schienen kraftlos, steif, wie erstorben, aufmerksam sah das Tier bei seinen Hantierungen zu, endlich hielt er die Pistole, seine Hände zitterten, dann die Schüsse, er sah den Schweiß am getroffenen Tier, seinen erloschenen Blick und staunte, daß er diesmal der Sieger war.

Teufel Mensch

Märzlicht auf dem messerwunden Leib des Sebastian am Pfahl, zum Töten freigegeben, jeder Wurf ein Treffer, die Lanzen schienen noch zu vibrieren, Doll zwinkerte mit den Augen, eine Sinnestäuschung, er hatte das Altarbild nie so gesehen, erlebt. Den Männern neben ihm schien nichts aufzufallen, schon zu alt, zu blind oder blöd, und der größere Rest würde erst nach der Predigt in die Bänke drängen.

Mariä Verkündigung. Die Legende mit dem Erzengel Gabriel und der Jungfrau in Nazareth war Doll fremd, das »Mir geschehe nach deinem Wort« eine farbige Abbildung im Katechismus geblieben, und was sein Pfarrer da herunterpredigte, berührte ihn nicht. Seit er den Ministrantenrock nicht mehr trug, als von der Fallsucht Besessener aussortiert, glaubte er nicht mehr an jedes Kanzelwort und meinte seiner Kirche lange entwachsen zu sein. Der Alte war wieder bei seinem Thema der gestürzten Engel, ihrer Auflehnung und Verdammnis, warnte in die Richtung des Kaplans vor den Versuchungen des Satans, der über ein Weltreich gebiete und den Körper eines Menschen belegen könne. Redete von der Scheinfreiheit des modernen Menschen, von Fleischeslust und anderen Heimsuchungen im Dorf, von der Kraft des Gebets.

Ein verirrter Mauersegler flatterte durch den Kirchenraum, die Augen der Gläubigen folgten ihm, Doll schien eingenickt, trotz der guten Raumakustik, die das Predigerwort bis in die letzten Bänke trug. Er hatte seine letzte Nacht mit dem Zerlegen, Reinigen und Zusammensetzen einer Kipplaufbüchse im Keller zugebracht, auf ihrem Schaft eine Nackte und ein Tigerkopf auf rotem Grund. Dabei dachte er an Maria, die immer am Lächeln war, und daß Alfons, Bert und Max im Käserzimmer um sie gewettet hatten. Jeder hatte eine Frau, aber phantasierte dennoch ungezwungen von einer Liebelei mit Maria, besonders reizvoll in ihrem Beisein, und war gewiß, daß sie nicht verstand, was gerade ausgehandelt wurde, sonst hätte sie nicht ruhig weitergelesen, in ein Lehrbuch der Sprache vertieft, in der sie gerade verleumdet wurde. Für Maria war Doll rot geworden und nahm gern das übliche Frotzeln auf sich, wenn sie nur Maria in Ruhe ließen, ihr Lächeln, das Doll an Luca erinnerte, eine Verwandtschaft schien.

Die Wette der Käser hatte Doll schlaflos gemacht, zusammen wollten sie mit Maria im Nachbardorf zum Tanzen gehen und testen, wer es mit ihr am besten konnte. Doll quälten seine Phantasien, gleichzeitig sein Gefühl, in der Kellerruhe eingemauert zu sein. Er hielt den Schaft des Gewehrs, als müßte er ihn zermalmen, seine Hände von der Anstrengung totenweiß, er redete, radebrechte, stöhnte, vermischte die Lucasprache mit der eigenen, ohne daß ein Laut zu hören gewesen wäre.

Übernächtigt saß Doll in der Kirchenbank und suchte vergebens auf der Weiberseite nach Maria. Der Seitenaltar im vollen Märzlicht, die Jungfrau mit dem Kind und goldleuchtend die Lobpreisung ihrer unbefleckten Empfängnis, »mir geschehe«. Auch die Käser waren nirgends, vielleicht nach der Predigt, hoffte Doll, und würde es ihnen ansehen, den Triumph oder die Niederlage sehen. Er war auch nicht von gestern, hatte seine Erfahrungen gemacht, aber Maria schien ihm unantastbar, erträumte sich einen Kinoabend, würde sie neben sich spüren, riechen können, blumig, zart, verrückt. Doll schreckte hoch, der Pfarrer auf der Kanzel hatte seinen Familiennamen verlesen, das Aufgebot der Zwillinge. Die Mutter auf der Weiberseite, von ihren Töchtern flankiert, schien ernst und stolzfroh, in drei Wochen würde das Dorf eine Doppelhochzeit erleben. Heute früh hatte ihn die Mutter freudig geküßt, einmütig würde die Familie in der Kirche erscheinen, ihr Wallfahren zur Schwarzen Madonna war erhört, bei einer Witwe ist nichts selbstverständlich, das Unglück passender als das Glück, aber nicht aufbegehren, hatte der Pfarrer gemeint, sondern beten. Ein schöner Tag, die Kirche hatte sich unmerklich mit mehr Gläubigen gefüllt, Doll war von ihnen eingekeilt, aber unruhig, wegen Maria und den Käsern, er drängte aus der Bankreihe zum Ausgang. Der leere Platz lag sonnengeflutet, die Platanen im Gegenlicht, eiserne Skulpturen mit Besenköpfen, auch Doll schien angewachsen, unsicher wie weiter, alles nur noch komisch, die Angst um Maria weg, der Alb der Nacht. Dumpf stand er am Ort und wartete, daß etwas geschehe, irgendetwas ihn fortnehme, bevor die Glocken zu schlagen begännen und die Kirchgänger aus dem Gotteshaus drängten.

Zu Mittag wieder Kaninchenbraten und die Zukünftigen aus der Stadt am Tisch, über der Kommode ein Foto der Verlobung, auf dem Cordsofa mit Lederlehnen die schmale Mutter zwischen den Tochtermännern, ihre Dreieinigkeit widerlich farbig und goldgerahmt hinter Glas, damit das Glück nicht verstaube. Und auch Doll hätte dankbar sein können, mit dem Auszug der Zwillinge einen Raum für sich zu haben und dem Witwengeruch im Schlafzimmer der Mutter zu entkommen, als habe der Tod den Vater abgelöst und sie liege geschwängert und trage einen neuen Tod aus, die letzte Stunde der Mutter? Doll wäre davon nicht überrascht gewesen, aber schämte sich seiner Gedanken, wenn er sie dann munter wirtschaften sah, im Gleichmaß ihrer Ordnung, das weiß gewordene Haar dauergewellt, und ängstlich bedacht, daß niemand der Familie am Zeug flicke, die Krankheit von Doll eine Panne, über die nicht geredet wurde. Deo gratias, murmelte das Kirchenvolk und wartete auf den Segen, dann die Glocken, und der Platz für kurze Zeit geräumt.

Maria

Sie lächelt riesig von der Titelseite, lächelt und soll tot sein, Schnitte am Hals und an den Pulsadern, aber kein Sexualdelikt, schreibt die Zeitung, im zweiten Bild der Holzstapel am Weg, auf dem sie gelagert war, nach drei Tagen und Nächten erst bemerkt wurde, was hat sie bloß hierher verschlagen. In der nächsten Ausgabe die Ablichtungen des Mini aus Jeansstoff, helle Baumwollbluse und Slippers, erinnern an Puppenkleider aus Karton zum Ausschneiden und Aufkleben, dunkle Umhängtasche, dunkle Strickjacke und ausgehfertig. Sie soll zierlich gewesen sein und das dunkle Haar als Mozartzopf getragen haben, auf dem Zeitungsbild umrahmt das Haar ihr Gesicht, Madonna oder Nixe oder von beidem, geheimnisvoll fremd, soll sie aus Turin gekommen sein.

Eine Liebesgeschichte, vermutet die Zeitung anfänglich, Romeo und Julia, die sich verloren hätten, die Gastarbeiterin aus der Millionenstadt der Fiat oder Lancias, im Achthundert-Seelen-Dorf. Aber kaum Aufsehen um sie, der Arbeitgeber habe sie anstellig erlebt und ihr das nötigste Vokabular zur Verständigung im Arbeitsbereich beigebracht, das habe zur Zufriedenheit aller funktioniert, aber als väterlichen Hüter habe er sich nie gesehen. Die Zeitung schreibt vom Reiz und Risiko der Minirockträgerinnen, unbegleitet würden sie durch Diskotheken ziehen, sogar in das Auto fremder Männer steigen und schließlich in der Verbrechensstatistik als Opfer erfaßt werden. Der Holzstoß, auf dem die junge Frau festgebunden lag, erinnere an einen Scheiterhaufen, und unabhängig von der Spurensicherung habe ein Reporter der Zeitung angekohltes Holz vorgefunden.

Satan sei immer im Spiel, die dunkle Kraft des Satanismus, man erinnere an den Stones-Song von »Mother's Little Helper«, der die Drogen preise, oder an »Satanic Majesties Request«. Pestsäer habe Calvin die vom Teufel Besessenen genannt und sie zur Läuterung dem Feuer übergeben. Im Machwerk »Rosemaries Baby« von Roman Polanski werde der Teufel aus der Frau geboren, das Bethlehem des Satans auf der Leinwand dargestellt. Und der Jugendliche X habe unmittelbar nach dem Film Luzifervisionen gehabt, seine Freundin mit dem Höllenhund kopulieren sehen und ihr die tödlichen Messerstiche beigebracht.

Der Teufel habe Hochkonjunktur, konstituiere sich in Teufelssekten und Undergroundszenen, immer häufiger müsse der Bischof exorzieren lassen und der beauftragte Exorzist bis zur Erschöpfung gegen Teufel, Dämonen und andere Mächte der Finsternis kämpfen, sie niederringen.

In der Samstagsausgabe berichtet die Zeitung von einer jungen Frau, Name und Adresse der Redaktion bekannt, die als Medium schwarzmagische Erfahrungen gemacht habe. Der Kultraum sei eine gotische Kapelle gewesen, zum Einstimmen die Werke von Vater Bach oder Palestrina, dazu psychedelische Lichtspiele, Vorspiele, die, mit Hilfe eines Generators erzeugt, den Raum aufgeladen hätten. Auf dem Altar eine unbekleidete Frau, das Geflacker der schwarzen Kerzen auf ihrem Körper, das Götzenbild von Baphomet habe sie bewacht. Über ihr das Kruzifix mit dem Kopf nach unten, als Weihwasser sei der Urin einer als Nonne verkleideten Hexe coram publico verströmt worden. Die Scheiben einer Rübe wären als Hostien gebraucht worden, dazu die Satanlitaneien vom Zelebranten im Wechsel mit seiner Gemeinde.

In der Folge werde die Zeitung ihre Leser durch die Katakomben von Turin schleusen, wo regelmäßig schwarzblutige Messen abgehalten würden. Turin sei die Hochburg teuflischen Treibens, auf dem Berg Musine würden sich Hexen und Teufel zusammentun und die Piazza Statuto werde das Tor zur Hölle genannt. In diesem Zusammenhang erinnere die Zeitung auch an die tote Gastarbeiterin und an den angekohlten Holzstoß, auf dem man sie gefunden habe.

Seit dem Ereignis holte sich Doll täglich die Zeitung im Coop-Laden, jedesmal enttäuscht, Maria war die Story von gestern, abgelegt, eine kalte Spur, eben tot, ein totes Opfer, das ohne einen Täter für die Zeitung gestorben blieb. Auch in der Molkerei schien Maria vergessen, alles wie gewohnt zu verlaufen, die alte Mannschaft wieder unter sich, und der Chef würde künftig vorsichtiger verfahren, nach der Rüge seiner Genossenschafter keine Ausländerin mehr einstellen, obwohl auf dem einheimischen Arbeitsmarkt kaum noch Hilfskräfte im Angebot waren. Den Dörflern habe die Fremde gleich nicht behagt, sie sei zu freundlich gewesen, immer am Anlachen oder Auslachen, wer weiß, sie habe sich ja nicht verständigen können, aber die Männer verrückt gemacht. Etwas Hintergründiges, Dunkles an ihr, auch ihr Blick, aber aus, vorbei und gut so, man lese nicht gern den Namen seines Dorfes in der Zeitung, wenn es dabei um Mord gehe, falls es ein Mord gewesen sei und nicht der Teufel mit ihr paktiert habe. Die Frau sein Wesen, Ding, begebe sich zur Opferstätte, wolle die eigene Opferung, sich verströmen, den Ort mit ihrem Blut weihen, die Fingerabdrücke am Cobramesser seien mit denen des Opfers identisch, hatte die Zeitung geschrieben.

Schweigsam saß Doll im Käserzimmer, während es redete, die Worte der anderen regengleich fielen, von Lottokönigen und Matchbällen die Rede war, Doll ein unbewegter Klotz, der seinen Mittag abhockte und nicht weiter störte, bis er das gemütliche Geplauder der Käser schlagartig brach und, die Pistole auf sie gerichtet, wissen wollte, wer Maria getötet habe.

Mal langsam, sagte der Dienstälteste endlich, ganz langsam, Doll wisse wohl nicht mehr, mit wem er rede und was er da anstelle, bedrohe seine Kollegen wegen nichts, das sei kein Spaß, und er müsse sich nicht wundern, wenn es für ihn gleich ungemütlich werde, hier habe sich bei Gott keiner was vorzuwerfen, auch die Polizei habe das längst bestätigt. Um so schlimmer seine Beschuldigung, denn das sei es ja wohl, aus heiterem Himmel, nur sei er an die Falschen geraten und werde es ausbaden müssen, habe wohl zu viele Krimis gelesen, und hätte er sie gefressen, ein Gummikerl bleibe ein Gummikerl und seinen Ballermann könne er ablegen, bevor er ihm aus der Hand zittere. Der Chinese werde staunen, wenn er mitbekomme, daß Doll an seinen Waffenschrank gegangen sei, ein Schmuckstück, aber nichts zum Schießen, soviel wisse hier jeder. Doll habe zu hoch gepokert und verspielt, endlich ausgespielt, sein Kopf schon am Rollen, samt den Mätzchen, die er sich ständig herausgenommen habe. Er sei doch ständig um die Maria geschlichen, Wahnwitz mit Folgen, klar, sie habe ihn wohl bestiegen, besessen gemacht? Gut, daß sie tot sei, gekillt, wie auch immer, alles kein Zufall, wem es schlägt, geschlagen habe, aber wozu noch weiterreden, Doll sei dran, ein Exempel fällig, und der Mittag vorbei.

Zusammen die Treppe hinunter, die Gummistiefel übergezogen und in die Molkerei, als wäre es so abgesprochen, geprobt worden. Doll in der Zange der drei, aber größer als sie, ließ alles zu, als brauche er ihre Gewalt, um an sich erinnert zu werden, und sehe zum erstenmal den Raum mit den blanken Apparaten, die großen Becken mit der milchigen Brühe. Ekel würgte ihn wieder, er war am Schlucken, Abklemmen, während die Blicke der drei sich zumorsten, Signale von Einverständnis und Schadenfreude. Unmerklich wurde Doll zurückgedrängt, geschoben, bis er mit dem Rücken am Milchbecken stand. Er solle es sich bequem machen, abhocken, und jetzt Maul auf und ex auf Maria, ohne die Kanne abzusetzen, oder es nehme ein böses Ende. Man habe sich schließlich angestrengt, damit es ihn ordentlich brenne, sozusagen exklusiv und tagfrisch, wie es sich in einer Molkerei gehöre, Käsewasser und Kartoffelsprit, ein Himmelsgesöff. Doll solle sich nicht anstellen, es bringe ihn schon nicht um, und gefälligst sein Gestöhne lassen, er wolle doch nicht den Chinesen aus seinen Mittag holen, also runter damit, geschluckt, alles hinuntergeschluckt.

Ein Glutmesser, vom Rachen in seinen Leib gestoßen, eine Feuerbahn, ein Brand, der sich ausbreitete, seinen Kopf einnebelte, die Arme im Schraubstock der anderen, die Kannenöffnung in seinen Mund geschoben, gedrückt. Er hörte sich Laute ausstoßen, Tierlaute, versuchte den Kopf abzudrehen, sich zu wehren, schlug mit den Füßen um sich, traf einen der drei ins Geschlecht, die Kanne rutschte ab, Doll schrie, seine Augen brannten von der Flüssigkeit, schienen verätzt, geblendet, er kippte nach hinten, verlor das Gleichgewicht und tauchte ins Milchbecken, sackte ab, versank wie die Pistole, die ihm nachgeworfen wurde, und flüchtig die Idee, daß er nicht schwimmen könne.

Eines Sonntags

Exerzitien oder Wallfahren, beinah endlos ihr Beten, Bitten, Danken, frömmlerisch schien es Doll, obwohl er seine Mutter mochte, und er konnte auch nicht glauben, daß ihre Bittgänge, Anrufungen erhört wurden, die Doppelhochzeit der Zwillinge mit Hilfe der Madonna zustande gekommen war. Diesmal, vermutete Doll, war es Doll, für den sie zum Bruder Klaus wallfahren ging, als wäre der Heilige nicht tot und würde sich für einen Doll erwärmen können. Alles gewöhnlicher bei Doll, nichts aufzugeben, zu verlieren, ohne Amt, Besitz, eine große Familie, die Bruder Klaus verlassen hatte, um einsiedlerisch zu leben, »ein Seher, heller Stern überm Tale...«.

Für die Mutter zählte, was im Laudate stand, und Doll kannte die Lieder auswendig, sie geisterten wie die Sonntagsglocken durch seinen Kopf, während er über die Landstraße pedalte, ohne einen Ort anzusteuern pedalte, und keiner vor ihm oder hinter ihm, alles zurückgelassen, von der Geschwindigkeit genommen, abgelöst, auch die Zeit wegpedalt, ein Vakuum, das für ihn kaum noch zu bewältigen war. Der helle Stern würde ihm gewiß nicht zur Papierwarenfabrik leuchten, wenn Doll sich vorstellen mußte, der Posten eines Hilfsmagaziners zu vergeben, aber er wußte nicht, ob ihm das gefiele und er seinem

Vater nachfolgen wollte. Ein heißer Tag, als käme der Sommer zurück, schwülheiß und grell, überblau, übergrün schien er Doll, ein Bilderbuchtag, nichts für Doll, er hätte lieber gegen Regenböen angekämpft und sich verhageln lassen, verbeulen, bis es schmerzte, hätte wieder gewußt, daß er noch lebte.

Seit ihn der Chinese entlassen hatte, war es friedhofruhig um ihn, als wäre er nicht vorhanden, weder Körper noch Schatten, eben niemand, auch die Mutter tat fremd, bei den Mahlzeiten nur das Kratzen der Bestecke auf den Tellern. Wohler war es Doll im Keller, bei der Büchse vom Schrottplatz, die er Maria nannte, er saß über dem Rosthaufen und stellte sich vor, eines Tages groß zu winnern, jeder Schuß ein As. Maria würde ihm Glück bringen, Doll mit Maria beweisen, daß er kein Versager war, die Sportschützen würden sich nach seinem Büchsenmacher erkundigen und Doll dabei grinsen. Sie würden ihren Schrott bringen und staunen, was alles an der Kellerwand hinge, blank poliert, würden ein weiteres Wunder erwarten, aber Maria bliebe einmalig, ein Glücksfall, daß er sie gefunden hatte, auf seine Augen und Hände war Verlaß. Doll fuhr langsamer, er hatte ein Ziel, etwas trinken und nach Hause zu Maria.

Im Ochsen die Dörfler am runden Tisch, musterten das neue Gesicht und sprachen weiter. Doll setzte sich. Am Spielautomaten zwei Männer, es blinkte, ratterte, dröhnte und aus, neue Erwartung, neues Spiel. Doll freute sich, daß die Fremden verloren, vielleicht alle, die den Versuch, aus dem einarmigen Banditen Geld zu holen, nebenher mitverfolgten. Der Jüngere, etwa vierzig, sah mit dem gelockten Haar weibisch aus und der Ältere wie ein Zuhälter oder Mafioso oder wie man meint, daß Zuhälter, Mafiosi aussehen würden, seine Krawatte zu rot, das Haar gelichtet, an der Linken einen Siegelring. Es schien sie nicht zu bewegen, daß sie glücklos gespielt hatten, gelassen kamen sie zu Doll an den Tisch.

Doll wollte kein Bier, nicht eingeladen werden, nicht von den beiden, obwohl sie seinen Dialekt sprachen. Diese Städter mit ihrem Drang aufs Land, regelrechte Besetzer, Häuschen an Häuschen beim Bannwald, oberhalb seines Dorfes, widerlich neu, und wie rasch sie sich vermehrten, man hätte zusehen können. Steinwürfel, Holzwürfel, und ihre Besitzer am Aufspielen, Herumprotzen, fuhren mit dem Auto ins Dorf und verdarben die Preise, das Klima, Stadtpinsel, bloßbusig im Liegestuhl zu ertappen. Vor Doll das Bier und der Schnaps, komische Typen, zuerst verlieren, dann spendieren, und schleimfreundlich, Doll starrte wortfaul auf den Tisch, leerte die Gläser und spürte seine glühwarmen Ohren. Die Anbiederei machte ihn verlegen, eigentlich Attacken, mit neuem Bier, neuem Schnaps, eine Frau hätte es als Annäherung verstanden, aber Doll?, der mit den Locken hieß Moritz, sein Bruder Ernst. Doll wollte nur weg, austrinken und weg oder gleich weg, vor dem dicken Ende, es gibt nichts umsonst für Doll, was gibt es denn umsonst, Moritz und Ernst auf einer Jungfernfahrt, ein weißes Kabriolett und genug Platz, falls Doll mitkommen wolle, dazu Lust verspüre.

Doll nahm sein Fahrrad und pedalte los, als müßte er flüchten oder einen Wettkampf bestehen, erleichtert, allein zu sein, die Szene mit zunehmender Entfernung hinter sich zu lassen, mittagsheiß und sein Kopf ein pochender Ballon. Das wütende Treten strengte ihn an, sein Hemd schweißnaß, klebrig, er freute sich auf den Wasserfall, seine sommerliche Dusche nahe dem Weiher, auf die Kühle im Keller, auf Maria.

Zwei Motorräder folgten ihm, die Fahrer in schwarzem Lederdreß, mit Helmen und dunklen Schutzbrillen, blieben hinter ihm, und es störte Doll, daß sie ihn nicht überholten, als wäre es ihre Aufgabe, ihn zu begleiten und nicht aus den Augen zu verlieren. Oder sie wollten ihn jagen, zur Strecke bringen, ließen Doll sich abstrampeln, zulegen, um spielend wieder aufzuholen. Seine Waden begannen krampfartig zu schmerzen, die Arme, der Nacken, als hinge er am Kreuz, aber Doll war sein eigener Schinder, er hörte ein drittes Motorengeräusch und langgezogenes Hornen, bemerkte das weiße Kabriolett, das ihm kaum noch Platz ließ, erkannte die Brüder, der

Ältere drückte noch immer auf die Hupe, als wäre Doll taub, aber er war nicht taub und konnte sich auch nicht in Luft auflösen. Gereizt stieß Doll mit dem linken Fuß kräftig gegen das Autoblech und kam ins Schwimmen, Schleudern, lag im Graben und sah das eine Rad leer am Drehen, während sich die Motorengeräusche entfernten, drehte es, schien ewig weiterzudrehen, und Doll sah, schwitzend und noch atemlos, wie es spielte. Bei ihm schien alles in Ordnung, ein paar Schürfstellen, er rappelte sich auf, zornschwer, und verwünschte diese Mutterficker, Arschkriecher, Stadt-Tunten, denen er es zeigen wolle. Die Hose aufknöpfen und dann den vollen Strahl in die Fresse oder ins Kabriolett, damit jeder riechen kann, was das für Scheißkerle sind, oder Jauche, ordentlich viel Jauche auf das feine rote Leder. Dolls Wut übertrug sich auf seinen Fahrstil, Alleebäume und Landschaft rasten vorüber, die Hügel schienen flacher oder Dolls Kraft potenzierte sich.

Er ließ sein Fahrrad am Grat, ein Naturschutzgebiet, gestürzte Bäume, Felsenzähne und Nischen mit altem Laub. Lautloses Grün, durch das Doll abwärts stieg, dabei den sonnenblanken Weiher ausschnittweise im Blick, vielleicht die Teile eines zerbrochenen Spiegels und das tiefe Jadegrün darin gefangen, gebannt, er kam zum Wegband am Ufer. Keine Tierstimmen, Menschenstimmen, wenige Enten, die den Wasserspiegel kaum ritzten, das andere Ufer eine steilgrüne Kulisse, unbegehbar, dahinter die Autostraße. Seine Wut war noch nicht vertobt, hockte in Kopf und Bauch, den Gliedern und schwärzte das Blut. Er nahm einen Stein und zielte auf eine Ente, hätte sie lieber abgeknallt, eine nach der anderen, und kleine Blutinseln auf dem Wasser gesehen. Ihre Angstrufe, das Fluchtgeflatter in das nahe Schilf erheiterten Doll, aber plötzlich Musik, jemand im gleichen Revier, der seinen Musikschrott durchgab, unwillkürlich lief Doll in diese Richtung. Die junge Frau mit schwarzweißem Kafijakopftuch stand knöcheltief im Wasser, den bunten Rock gerafft, wusch sie sorgsam den Ärmel ihrer dunklen Bluse, ein rotes Seidentop betonte den Bronzeton ihrer Haut, der Transistor quäkte in das Tosen des nahen Wasserfalls. So ganz auf die kleine Wäsche eingestellt, bemerkte sie nicht, daß sie beobachtet wurde, nahm es gemütlich, als wäre sie hier zu Hause und könnte machen wie sie wolle. Doll staunte sie an und ärgerte sich, wie unbekümmert sie schien, was sie trieb, war verboten, das Schild nicht zu übersehen. Hier nichts Türkei, nichts Arabia oder sonst ein Rimini, er fühlte sich herausgefordert, von einem farbigen Fettkloß gestört, den man mit einem Tritt ins Wasser befördern könnte, wäre das Wasser dann nicht verseucht und würde womöglich schillern wie diese Fremde, die ihn unruhig machte und flippig, daß er Lust bekam, auf den Transistor zu treten, Elvis Presley stumm zu machen, aus, ausgespielt, Transistor und Frau. Sorgsam preßte sie das Wasser aus dem Gewebe, zog es glatt und wandte sich zum Ufer, das Kopftuch überschattete das junge Gesicht, ihre Augen faßten Doll und glitten ab, sie löste ihren Rock, schlüpfte geschickt in die Schuhe, die Bluse, nahm den Transistor und ging.

Es war leicht, ihr zu folgen, nur den Klängen nach, dem Sonntagspotpourri, wer würde nicht neugierig gemacht, angelockt werden von der rolligen Katze. Er holte sie mit langen Schritten ein, entriß ihr den Transistor, drehte ihn aus und versperrte so breit wie groß den Weg, grinste ein wenig, ihr stummer Schrecken tat ihm wohl, daß sie kapierte, wer hier das Sagen hatte. Die Welt schien menschenleer, auf Doll und die Frau begrenzt, auf das Tosen des Wasserfalls, das sie zusammen hören mußten. Die Augen der Frau schienen Doll abweisend und feindselig, er stand klotzig da und wollte gewinnen, wenn schon Krieg sein mußte, oder war immer Krieg, sie schien zu lauern, eine Katze vor dem Sprung, die ihre Krallen zeigt, eine Halbwilde, der man Handschellen verpassen müßte, sie wendete sich ab und spuckte auf den Boden.

Er griff sie im Nacken und zog ihr das Kopftuch übers Gesicht, zurrte es fest, bis sie nach Luft japste, drückte ihr die Kante des Transistors in die Hüfte und zwang sie bergauf ins Holz, aber sie stemmte sich dagegen und wäre hangab gestürzt, hätte Doll sie losgelassen, aber er ließ nicht los, würde sie nicht mehr loslassen, die Frau unterliegen in dem Krieg, Geschlechterkrieg. Sie stolperte über einen Felsbrocken und stürzte, lag in der Mulde mit Laub, ein heißer Körper, schweißschwer am Atmen. Doll griff in das weiche volle Fleisch, wollte sich einbetten, hineinkriechen, endlos vergraben, ohne zu spüren, daß die Frau ihn zerkratzte und biß, war selig am Saugen, Schmatzen, sterbensselig, Haut an Haut gepreßt, verschweißt, kam ins Keuchen, holte Luft und sah den Mann mit Karohut, das Fotoauge auf ihn gerichtet, dann der Schlag mit dem Stock, seine Eisenspitze traf Dolls Schädel.

Weggetreten, weg, ein Beben in Doll, auch im Boden, auf dem er lag, die schwankenden Stämme schienen ins Unendliche zu wachsen, ihm war schwindlig, alles im Schwimmen, der Kopf ein Brand.

Wegtreten, weg, löschen, auslöschen, aus, zu oft gestürzt, abgestürzt, seine Krankheit hieß Doll, und er wollte nicht mehr, lieber tot, der Brand am Kopf tat wohl, ausbrennen, vergessen, was war, den Doll abtöten, begraben.

Er sah sich zum Grat gehen, sein Fahrrad nehmen, verwundert, daß alles unverändert schien. Die Mutter, von der Wallfahrt zurück, fiel ins Jammern, daß sie wohl ins Ofenloch gebetet habe, so wie Doll daherkomme, eine Schande, aber der Riß in seinem Kopf müsse genäht werden, gleich, Doll solle sich waschen und umziehen, wie das wohl wieder passiert sei, gewiß müsse der Schopf rasiert werden, und morgen der Vorstellungstag in der Fabrik, wenn das nur gut gehe so lädiert.

Schattenangst

Er starrte in den Blitz des Fotoautomaten. Ein Paßbild für den neuen Werkausweis. Sein erster Versuch war mißlungen.

Wieder das Fotoauge vor Doll, der Moment des Fassens, Fangens, der Schlag. Einer mit Karohut. Sein Feind. Einer, der Doll meucheln will. Das Foto sein Beweisstück. Ein Fahndungsfoto. Er träumte, von der Frau im Kafijakopftuch umtanzt zu werden, und daß sie sich vervielfachte, viele Frauen war, die ihn umtanzten, einkreisten. Immer weniger Raum um Doll, eine Mauer aus Körpern, ein Alb, er rannte durch eine Chaussee, an jedem Baum ein Bild des Vergewaltigers Doll. Und der Karomeuchler ungeschoren, ein Spiel mit Karoas.

Nervös nahm Doll das Paßbild aus dem Automaten. Auf der Ablichtung ein blickloser Koloß, in eine dunkle Jacke gezwängt, ein Teil des Hemdkragens abstehend. Doll steckte das Foto weg, dieser Doll war nicht zum Vorzeigen, er wollte ihn verstecken, vergessen.

Nach dem Auschecken an der Stempeluhr und der Mahlzeit, die ihn regelmäßig erwartete, verkroch er sich im häuslichen Keller, spielte eine Kassette von Elvis, immer die gleiche, und war bei Maria, die zerlegt vor ihm lag. Eine alte Büchse, eine Winchester, an der Doll sich erprobte, maß, jedes Teil liebevoll auffrischte, ein wertvoller Lauf mit Achtkantprofil, den er aufbohren wollte, um sein Kaliber zu ändern, sicher, daß es funktionieren würde, die Restwanddicke des Laufes ausreichend belastbar bliebe. Prüfte den Halsdurchmesser, Stoßboden und Schulter, fettete die Halsinnenseite, ein zufriedener Doll, das Patronenlager und der Verschlußabstand mußten nicht verändert werden.

Der Ablauf lag visionär vor ihm, Land, Neuland, das er sich Schritt für Schritt aneignete, ein glücklicher Eroberer, froh um das schwierige Gelände, das ihm Umwege aufzwang, ihn vom Ziel fernhielt, das er vor sich sah. Ein Liebhaber, der sich Zeit ließ, sich in die seltenen Gravuren vertiefte, alle Zeit vergaß und bockig reagierte, wenn die Mutter bei ihm einfiel und an die Stechuhr erinnerte, die nach einer Sekunde Verspätung schon rot zeige, gerne die alten Zeiten mit dem Vater einblendete, dem man als Magaziner keine einzige Unpünktlichkeit nachsagen konnte und keine Absenz.

Doll ließ sie reden, wie er den Lehrling in der Fabrik reden ließ, dann abwesend oder abgebrüht wirkte, aber es drang ein, wenn der Siebzehnjährige seinen Alten verkorkst fand, bei dem nur die Leistung zähle, einspuren oder aus, als wäre man unter einen LKW geraten. Manchmal stelle er sich beim Abtrocknen in der Küche vor, seinem Alten ein Messer ins Kreuz zu rammen, dann wäre Frieden, oder mit Shit, Alk, Nikotin abspeeden und Ruhe, kein Gequatsche, keine Angst. Doll kam sich dabei alt vor, komisch zurückgeblieben, und vergleichsweise war er alt, bald dreißig.

Durch den Gewehrlauf visierte er die Mutter, die diesmal still geworden war, ein sauber gezogener Lauf mit sechs Zügen, eines Tages, und etwa dreißig Zentimeter Windung, Funktion und Präzision müßten stimmen. Doll hatte ein Ziel, Maria würde nicht als antike Büchse über dem Sofa bewundert werden, Maria würde treffen können, angenehm in seiner Hand liegen, Daumen und Zeigefinger am Abzugsbügel und beim Schuß möglichst wenig Unruhe in der Waffe. Er würde sich spitze Geschosse besorgen, ein Rundkopfgeschoß könnte sich beim Durchladen festfahren, Doll würde alles bedenken, sicher, daß er es schaffe mit Maria, sie war sein Talisman, sein besserer Teil, und würde Glück bringen. Die Mutter war verschwunden, die Sicht durch den Lauf ein lichtheller Punkt. Und käme die Hatz, wäre Doll nicht das Karnickel, dem das Fell über die Ohren gezogen würde, nicht mehr.

Das Samstagsritual des Onkels. Er holte sich ein Tier aus dem Käfig, das er ins Gras setzte, noch hoppeln und fressen ließ. Es konnte seinen Tod nicht wittern, der aus dem Lauf eines Gasdruckgewehrs kam, das Tier erlegte, ein zuckendes Fellbündel, das der Onkel an den Hinterläufen ins Haus trug.

Und vielleicht ist das Leben ein Schießkino, ein Parcours, bei dem der Sieger in möglichst kurzer Zeit alle Ziele treffen muß, im Schießkino geht es um Pappfiguren und sportlichen Ehrgeiz, Doll würde Maria laden und zielen, als erstes auf den karierten Hut zielen, ihn durchlöchern, dann tiefer gehen, Kopf, Herz, Geschlecht, der Typ würde nicht mehr beim Vögeln zusehen und losbengeln, nie mehr Doll anvisieren, anzeigen können, ständig seine Angst, wenn jemand läutete, am Fenster klopfte, nach Doll gerufen wurde, daß sie ihn aufspüren, das Bild des Vergewaltigers mit Doll vergleichen würden oder mehrere Bilder. Der alte Bock ist womöglich ständig am Belauern, Abdrücken, Einfangen. Was denn, was war denn, war doch nichts, das bißchen Spaß mit der Frau und groß gewehrt hat sie sich nicht, oder? Nicht geschrien, nichts, und sie würde still bleiben, wer so ausländisch aussieht, muß still sein, stillhalten oder fliegt raus. Er hätte Mühe, sie ohne das Kafijakopftuch wiederzuerkennen, und auch das Kopftuch ergäbe keine Identität, eigentlich zu vergessen, wäre nicht der Karohut, der Karomeuchler, der Doll erledigen wollte, erledigen will? Seine Angst war am Wachsen und namenlos, ein Schatten, Angstschatten, eine Wand, dahinter das Gemurmel der Ankläger, das Gewese der Zwillinge, ihr Zittern um den guten Ruf der

Familie. Dem Polizistengatten würde Doll den Schock gönnen, immer uniformiert und immer die Pistole, womöglich noch nackt umgeschnallt und beim Liebemachen am Tanzen, immer im Dienst. Als er in Dolls Zimmer die Tierknochen fand, war er bleicher als sonst und sein Polizeihirn am Arbeiten, aber nichts daran verboten, nur eigenartig, diese Neigung von Doll, im Wald nach Tierkadavern zu suchen.

Der Chinese von der Molkerei hielt im Spielzimmer der Wohnung ein mumifiziertes Rehkitz, das Doll damals seltsam bezauberte, als sei es noch beseelt und habe Tod und Zeit überwunden. Seither war Doll am Suchen, Sammeln und hat sich mit jedem Fund mehr eingelassen, eingelebt in die Hinterlassenschaften vergangener Leben, Mensch, Tier, wo lag der Unterschied? Am Ende das Gerippe, der endgültige Zerfall. Doll begann die Knochen zu säubern wie früher die Käselaibe, wollte vielleicht etwas erhalten, dem Tod entziehen, hätte es aber nicht zu sagen gewußt, auch nicht, warum er einen Knochen mit einer feinen Stahlklinge bearbeitete, bis unverkennbar ein Gesicht auftauchte, Luca, der ein wenig grinste und von Doll zu Maria gebracht wurde. An die Kellerwand gelehnt, schien er Doll bei der Restaurierung zuzusehen, und er fand, daß Luca ihm beistehe, die Arbeit spielend geschehe, traumwandlerisch sicher, als würde seine Hand geführt und Luca die Angst fernhalten können, sie ihn nicht mehr erreichen, bedrohen. Dolls Widersacher dann nur noch Pappfiguren im Schießkino, mit der Win wegzufegen, aber sie kam wieder, die Angst, überrollte Doll, und er hätte viele Lucas gebraucht, doch es gelang ihm kein Luca mehr, befremdliche Fratzen, so oft er ansetzte, Zerrbilder seiner Angst.

Fest in Rot

Aus den Spitzhelmen von St. Georg waren Haubenhelme geworden, dazu die neue Wetter-Orgel, akustisches Manna für taube Seelen, der Alte auf dem Kirchhügel hatte es geschafft. Ein stolzer Tag, wenn der Bischof an Pfingsten die Weihe vollziehen würde, die Orgelklänge zum ersten Mal den Kirchenraum füllen und alle Glocken läuten würden. Auf dem Kirchplatz zwei Buden zum Fest, zwei stille Zeugen der Interessenkonflikte zwischen Pfarrer und Kaplan, Pfarrer und Gemeinde, am Warenangebot abzulesen, neben den Kerzenstöcken, Ablaßbildchen, Rosenkränzen die abgeformten heidnischen Amphoren und Münzen.

Auf dem Kirchhügel solle ein römischer Landsitz gestanden und die Straße nach Augusta Raurica geführt haben, zwei Gräber erinnerten an die frühgermanische Zeit, um 600 endgültig die Alemannen. Der Kaplan hat über die Vorzeit eine Broschüre zusammengestellt, der Erlös könnte die Schuldentilgung erleichtern. Ein großer Tag. Der Pfarrer würde in der Predigt die Bauherrin von St. Georg zitieren, eine Äbtissin aus dem fünfzehnten Jahrhundert, und den Heiligen Geist, der die Kirche durch bald zweitausend Jahre zu erneuern vermöge. An der zweiten Bude bunte Luftballontrauben, die Getränkeregie beim Kronenwirt, auf den Gläsern St. Georg mit zwei Haubentürmen abgebildet und vom Festvolk mit den Getränken zu erstehen, Souvenir wie Opfergabe.

Am Vorabend war das Kirchdorf eine herausgeputzte Kulisse, dahinter das schwelende Warten der Mitspieler auf ihren Auftritt. Das ganze Dorf dabei, wenn mit dem Eintreffen des Bischofs das Fest begänne, die Straßen von Zuläufern gesäumt wären und die Blaskapelle Getragenes spielte. Die Kirchenbänke der Honoratioren schon rot ausgeschlagen, die Medien auf den Kirchplatz verbannt, das Fotografieren im Gotteshaus untersagt. Die Lautsprecher würden das Ereignis weithin hörbar machen, außerdem die gerühmte Akustik von St. Georg, der Kirchenchor dürfte kein bißchen patzen. Nach dem Segen des Bischofs das Böllern der Schützen, Grillwürste und Bier oder Meßwein zu Ehren von St. Georg. Für die Honoratioren wäre im Saal des Hotels Dreikönig reserviert und der Bischof in der dunklen Limousine aus dem Blickfeld der Gläubigen verschwunden. Das fahl gewordene Dreikönig mit Türmchen und Schieferdach erinnerte an eine gebrechliche Dame, an Ringellokken und Kapotthut, eine versunkene Zeit. Die aus dem Dorf würden wie gewohnt im Gasthof Krone sitzen und sich über die Fremden ärgern, die sich hier breitmachten wie ihre Wochenendhäuser am Berg, helle Klötze am Südhang, Giftpilze, die über Nacht aus dem Boden stießen, eine Giftkolonie bis an den Rand des Bannwaldes, aber sie würden ihre Plätze am Stammtisch halten, heimliche Festungen der Vorsicht.

Auch die Pfingstrosen im Dorf rechtzeitig am Blühen, weiß und rot im Garten der Mutter, weißrot an den Altarstufen, in ihrer Wohnstube, schwere Blumenräder im satten Grün. Sie plünderte alle Büsche für dieses Fest, das auch ein Familienfest werden würde mit dem Besuch der Zwillinge, Schwiegersöhne, der kleinen Enkelin. Für Doll hatte sie ein eierschalenfarbenes Hemd besorgt, es lag aufgeknöpft auf seinem Bett, als wollte es Doll noch diesen Abend in Besitz nehmen. Der Gedanke an das Fest schreckte Doll, er wäre am liebsten im Keller geblieben, bis sich das Getümmel verzogen hätte, Maria vor sich oder Mary, plötzlich seine Idee, daß Mary der eigentliche Name sei und besser zu einer Win passe. Aber Doll würde den Namen geheimhalten, niemand erfahren, wer Mary war, er fühlte sich mächtig überlegen und begann kaum hörbar zu pfeifen, blies ein paar Luftkringel in die Stille. Von draußen ein gleichmäßiges Rauschen, das anstieg, eindrang, den Kellerraum füllte, ein Nachtmahr, Meer, und Doll sekundenschnell weggefegt, überrollt, am Grund der Nacht.

Mary war noch da, lag neben Doll, das Dorf nachtschwer im Schlaf, bis der Festhimmel blauen würde, als Frau müßte Mary die langen Röcke der Heldinnen in Westernfilmen tragen, das blonde Haar hochgesteckt, und schießen können. Plötzlich das Gesicht über ihm, reflexartig wandte er sich ab, ohne dem Muttergeruch zu entkommen, spürte die Panik eines hoffnungslos Eingegrenzten, was redete, suchte sie hier bei Nacht, er hörte die Glocken hämmern, wie spät oder früh? Zwischen Mitternacht und Morgen der Großbrand in der Mühle, das Feuer tötete zwei Mädchen, siebzehn- und achtzehnjährig, im Schlaf.

Nichts mehr umkehrbar, der Totenort bleibt den Lebenden verschlossen, auch die Zeit nicht anzuhalten, zurückzudrehen, das Nachtlodern abgelöst, ein roter Sonnenball über dem neuen Tag, beleuchtete die Brandruine, das stille Festdorf, die Helfer der Nacht verschwunden, in den Häusern verkrochen, wuschen sich den Ruß von ihren Gesichtern und hofften mit den frischen Kleidern das Schrecknis der Nacht loszuwerden.

Der Himmel bald bilderbuchblau, lichtweiß die Kirche, nichts mehr umkehrbar, aufzuhalten, nach der nächtlichen Zwiesprache des Pfarrherrn mit seinem Gott und der Rücksprache mit dem Sekretär des Bischofs läuteten die Glocken die Feierlichkeiten ein. Ihr Klang schien das Dorf zu beleben, das Unglück wegzuläuten, Pentecoste, der Tag der Offenbarung, der Ankunft des Heiligen Geistes, mit Windesbrausen und Feuerzungen, dem Geist der Liebe, des Verstehens. Das Pfingstwunder als Feuer der Läuterung, des Sieges über die dunklen Mächte. Der Kanzelredner sparte das Feuer der vergangenen Nacht nicht aus, das sein Lieblingsthema, die Johannesapokalypse, nährte, diesmal das Bild des Sternenfalls, stürzende Sterne mit Flammenschwänzen am Tag des Zorns, vergeblich dann die Notrufe der Menschen. Müde wartete die Festgemeinde auf den Segen des Bischofs, der sie aus der Kirche entlassen sollte, wegen des außerordentlichen Ereignisses würde der Pfarrer den ganzen Tag stille Gebetsstunden in der Kirche abhalten, im Wechsel mit dem Kaplan, und seine Gemeinde dazu ermuntern.

Gleißendes Licht vor der Kirchentür, alles schien überbelichtet, die Buden mit Waren, die drängenden Sonntagsmenschen, ihre Sonntagskleider, Doll tränten die Augen und die Zwillinge lachten über den Riesenkerl mit so zarten Nerven. Er war ihre Spottlust gewohnt, besonders an Familientagen, ihre Gatten dabei Statisten, die von der Mutter mit Extras bei Laune gehalten wurden.

Ein schmerzgreller Tag, in den die nächtliche Feuerflagge nachzuleuchten schien, Doll hatte mit der Mutter den Brand geschaut, ihre Augen waren vom Zunder gerötet, aber keine Abstriche am Familienprogramm. Alles wie gehabt, die Frauen beim Essenzubereiten, die Männer beim Frühschoppen, das Enkelkind am Glucksen, Gurren, und pünktlich an die Teller, die Trinkgläser mit den aufgeklebten Haubentürmen. Zum Kaffee der muntere Onkel, die Tante leider bettlägerig und Doll wortfaul wie immer. Sein Kopf bleiern, ein vierkantiges Gebilde, von fremder Kraft schraubstockartig zusammengepreßt, und sein Wunsch, gegen die Wand zu rennen, seinem Leben und dem endlos blauen Tag zu entkommen.

Der Onkel zerlegte das zweite Stück des Schokoladekuchens, klatschte einen Schlag Rahm auf die Trümmer und sagte, daß die Stelle des Totengräbers bald vakant werde und ein Nebenverdienst immer willkommen sei, daß Doll als Sohn der Totenfrau sich gute Chancen ausrechnen könne und die Mutter dem Sohn gleichsam in die Hände arbeiten würde. Eine schöne Sache. Für diesmal wäre Doll nicht einer, der in die Grube fiele, die er anderen schaufle, in das Lachen des Onkels stimmten die Zwillinge mit ihren Gatten ein. Doll verstand nicht, was da komisch sein sollte, Totengräber gefiel ihm nicht, aber die Idee, für den Onkel eine besonders tiefe Grube auszuheben, und dann dicke Steine auf den Sarg, den Onkel bombardieren, beschießen, steinigen, warum nicht gleich mit der Flasche auf dem Tisch ausholen und aus. Es fiel niemandem auf, als Doll sich aus dem Kreis entfernte, verschwand.

Sonntägliche Ruhe im Dorf, das Fest schien eine Kerze, die ohne Zutun verlöscht, um die neuen

Kirchtürme kreiste mit ruhigem Flügelschlag ein Storchenpaar, Doll sah es ins Blaue tauchen und verlor es aus dem Blick. Er war ohne Ziel losgegangen, aber wußte nichts Besseres als weiterzugehen, bei der Brandruine fremde Gaffer, die trotz des Rauchgeruchs ein Picknick feierten, das endlose Geplätscher des Mühlenbachs als Kulisse. Ratlos kehrte Doll um und hatte Lust, auf irgend etwas Bewegliches zu schießen, es fallen zu sehen, hätte sich mit einer Waffe besser gefühlt. Die Parkplätze vor dem Gasthof Krone waren belegt und erinnerten, daß noch Pfingsten war, aus der Türe kam Zündel, gefolgt von Feger, Win und Kloss, die neue Kultwaffe bei sich, das Pump-Actiongewehr mit langem Lauf erkannte Doll und schien dabei zu grinsen. Sie gingen auf ihn zu, als wäre da nichts, niemand, hätten Doll zurückgedrängt, überrannt, der im letztmöglichen Augenblick ausscherte und in großen Sätzen die Stufen zur Krone nahm.

Genug Fremde im Gastraum, daß Doll, der seltene Besucher, den Stammgästen nicht auffiel, er nahm Platz neben der Türe, den Rücken zur Wand, und hörte die lebhaften Stimmen einiger Ausflügler, die nochmals den Festzug zur Kirche passieren ließen, die Bläser, Turner und Schützen, den gemischten Chor, die Ministranten, die Bischofskarosse im Geleit der Geistlichkeit und der Honoratioren. Es hätte böse enden können, sagten sie, und meinten den Zwischenfall mit dem Hengst, der plötzlich gescheut hatte, den

Fahnenträger abwarf und in die Zuschauer breschte, der Schrecken habe gereicht, über dem Fest ein Unglücksstern, dem Dorf? Doll schüttete massig Zucker in den Kaffee, rührte in der Tasse, zufrieden, daß keiner was wollte, und sah plötzlich den einzelnen Karohut am Garderobenhaken, daneben den Spazierstock mit Eisenspitze, sicher, daß es der Hut seines Bedrohers war. Er glaubte sich belauert, ausgesetzt, das Blut begann zu pulsen, er spürte die Wärme, das Herzklopfen, die jähe Angst, die ihn hilflos machte, als stehe er am Pranger und werde begeifert, beworfen, aber von wem? Alles zu rasch, damals, zu überraschend. Doll begann die Fremden im Raum zu mustern, einer von ihnen hatte sein Bild und würde ihn als Vergewaltiger überführen, sobald er seiner habhaft wäre, einer hier suchte nach Doll und war Sadist, Voyeur, der zuwartet, zusieht, bis das Fotoschnäppchen im Kasten ist, und dann draufbengelt, bevor sein Opfer reagieren kann. Das war kein Ritter, kein Retter, er hat sich mitvergnügt, bringt es wohl selber nicht, braucht seinen Kitzel, seinen kleinen privaten Krieg, die Hatz, den Sieg, das Ausweiden, wie der Onkel, der nächtelang einem Obstdieb aufgelauert hatte, mit dem Gewehr auf ihn losging und ihn halbtot schlug. Aber Doll würde aufpassen, den Spieß umdrehen, würde nicht auf der Strecke bleiben, diesmal nicht. Seine Furcht war weg, gekippt, der Verfolgte ein Verfolger geworden, Doll legte Münzen neben die Tasse, verließ den Gastraum und wartete auf den Täter mit Karohut.

Karo

Bestens, hätte er sagen können, aber keiner war neugierig, wie Doll lebe, ausgenommen die Mutter, und sie würde nicht fragen, dankbar für die unverhoffte Wende bei Doll, der ihr als ein anderer vorkam, weniger eigenbrötlerisch, und seine Freizeit nicht mehr ausschließlich im Keller zubrachte, mobiler schien, nicht nur wegen des Mopeds.

Und vielleicht war er ein anderer, wenn er sich auf die Pirsch machte, mit dem Fernglas das Lebendobjekt einkreiste, das er Karo nannte, ihm nachspionierte, näherkam, als handle es sich um ein Liebesobjekt, eine hartnäckige Leidenschaft von Doll, die ihn zu Karo zog, anzog, begierig, mehr über ihn zu erfahren, ohne daß Karo davon ahnte. Ein schöner Triumph, sich dem Gegner überlegen zu fühlen, von seinen Gewohnheiten, verschwiegenen Neigungen zu wissen, ziemlich dünne Geschichten oder immer die gleiche, neu aufgelegt. Doll schien zu wachsen, während Karo am Abgeben, Schrumpfen war, und mit Karo die Generation der Väter und Onkel, die Zeigefinger- und Schlägergeneration, die Kleinprügler, Angstmacher, Kussels und Kompagnons auf einmal abgesetzt, austauschbar geworden, alle am Flunkern, Bluffen, und schon auf der Zielgeraden in die Pensionierung, einen Tod.

Wenn Karo seinen Hut ablegte, war er wie viele, seine Glatze das einzig Erwähnenswerte im Paß, verheiratet, zwei Kinder, ein Handwerker, Lohnempfänger, seit Jahrzehnten der gleiche Arbeitgeber, die gleiche Genossenschaftswohnung in der Stadt, das gleiche Refugium am Waldrand, das er am Wochenende aufsuchte. Ein Gartenhäuschen mit kleiner Veranda und Umschwung, tausenddreihundert Quadratmeter Grünland, ein paar Büsche und freie Sicht auf das Panorama der Hügel, das Dorf in der Mulde verborgen, ein Idyll bescheidener Art mit der Nationalflagge über dem Eingang, so weit hausgemacht, daß es unbeachtet blieb und weder Ärgernis noch Bewunderung auslöste. Ausgenommen bei dem verschwiegenen Beobachter, der das Objekt Gartenhaus und Besitzer gründlich studierte, als handle es sich um die Vorbereitung einer gefährlichen Expedition, wo man keinerlei Risiken eingehen dürfe. Doll wußte, wann gewöhnlich der rote Golf über den Feldweg kam, Karo die Türe zum Wohnbereich öffnete, die Läden beider Fenster aufstieß und aus dem angegliederten Geräteraum den Rasenmäher schob, er hätte seine Uhr nach den minuziösen Abläufen richten können, konnte sich auf Karo verlassen. An den Fenstern weißer Tüll, bei offenstehender Tür ein hellgestrichenes Küchenbuffet, Pfannen und Töpfe auf dem Wandtablar, ein Transistor, kleiner Kühlschrank, Tisch, der Boden mit einem Teppich in Orientmuster ausgelegt. Die Hausfrau abwesend, nur an Sonntagen zu sehen, manchmal die erwachsenen Töchter mit ihren Freunden um den Gartengrill. Das regelmäßige Geknalle vom nahen Schießstand gehörte zum Wochenende wie die Sonntagsjäger oder das Sportschießen in den Steinbrüchen, hallend hart schien es das Idyll zu durchlöchern, ohne daß es seine Bewohner bekümmert hätte.

Aber gewöhnlich war Karo mit Hut anzutreffen, als wäre die Kopfbedeckung ein unverzichtbarer Teil von ihm, lehnte am offenen Fenster des Häuschens und betrachtete durch den Feldstecher sein Revier, wie eben Doll den Mann mit Hut am Fenster betrachtete und sich genüßlich den Schrecken des Mannes ausmalte, wenn er ihm das karierte Ding eines Tages vom Kopf schießen würde.

Noch war es eine Spielidee von Doll und der Hut ein Kennzeichen, ohne das er Karo im Kino womöglich übersehen hätte. Auf der Leinwand der Reporter mit Gipsbein und Fernglas, der vom Rollstuhl aus einem Mörder in die Fenster schaut. Ein heißer Lauf, wer schließlich auf der Strecke bleibt, der Reporter mit dem Gipsbein oder der Mörder. Weißer Hut, blauer Anzug, runde Brille. Ein Hinterhofdrama hinter Glas, das Opfer die kranke Frau des Mörders, der Ausschnitt fenstergroß, dem Reporter steht eine blonde Schöne bei, heiße Tage und Nächte. Auch Doll am Fiebern, was schleppt der Mörder im Metallkoffer aus der Wohnung?

Plötzlich ein anderer Hut im Blickfeld, näher bei Doll und kein Kino, der Hut eins mit dem Kopf, als wäre er angewachsen, ein Hutkopf, den Doll auch als Schattensilhouette erkannte. Karo im gleichen Kino. Doll zwängte sich an den Sitzenden vorbei nach draußen und fühlte sich betrogen, Karo hatte ihn um sein Kinovergnügen gebracht. Er hörte eine Frauenstimme, dann den Mann, erinnerte sich an die Schulzeit, wenn der Lehrer ihn vor die Türe schickte und er sprechen hörte, aber nichts verstand, als Doll aus dem Kino lief, stand es patt, würde der Täter den vermutlichen Zeugen seines Mordes beseitigen, käme er davon. Doll war nicht sicher, wen er gewinnen ließe, wartete ungeduldig auf den Pulk der herausdrängenden Besucher, um nach dem Ende des Films in ihren Gesichtern zu suchen, wartete versteckt auf Karo, der eine Frau umbalzte, und folgte ihm schattengleich durch die Altstadtgassen.

Wieder sein leiser Triumph, Karo überlegen zu sein, der Beobachtete ein Beobachter, der Karo als Heuchler entlarvte, den Arm um die Frau, schob er sie ins Stundenhotel. Gegenüber die Haifischbar, Doll belegte den Hocker, den Karo zuvor geräumt hatte, und bestellte den gleichen Drink. Coke mit weißem Rum. Zog am Trinkhalm und dachte an die Frau, an der nichts auffallend war, außer der Sonnenbrille, die sie spätabends noch trug, eine die fremdging wie Karo, wohl zu kurz gehalten, eine Mami, die sich was dazuverdiente, wie sonst hätte einer wie Karo die Frau ins Bett bekommen, in den Fenstern des Hotels spiegelte sich periodisch die rote Leuchtschrift der Haifischbar, beflackerte die Nackte hinter Glas, ein, aus, reizvoll für den Betrachter, aus, ein, hinter jedem Fenster eine Nackte und einer, der sie aus ihrer Haut pellen würde, in Happen verschlänge. Nur wenige Schritte weit, und Doll könnte sich einschleichen, eindringen, Karo gewaltsam fällen, wie er Doll gewaltsam gefällt hat, ein Schlag und aus, tot, wie tot, am Schlafen, schlaff. Das wäre dem Alten zu gönnen, wäre gerecht, richtig, schlagen oder geschlagen werden hieß die Lektion. Es war spannend mit Karo als Gegner, hätte es ihn nicht gegeben, hätte Doll ihn erfinden müssen. Karo kam allein aus dem Hotel, eilig wie der Mörder auf der Kinowand, nur der Metallkoffer fehlte, stand womöglich im Zimmer, rot angeflackert wie zuvor die Nackte, und begänne zu bluten, womöglich alles ein Kino. Doll erinnerte sich an die Szene mit dem Bohrer, an sein metallisches Sirren, an das Blut, das einen Stock tiefer durch die Decke drang, Doll sog am zweiten Drink und glaubte sich von Frauenblicken taxiert, eingekreist, und Karo gewiß schon am häuslichen Tisch, noch ein Bierchen und ein gesunder Schlaf, schlagartig sein Gefühl, doch der Geprellte zu sein, er schob das Glas weg, bleischwer geworden.

Es war Mittwoch, wenn Karo ins Kino ging und Doll seiner Aufreißertour folgte, gewöhnlich mittwochs wechselte das Programm, wenn nicht gerade ein Publikumsmagnet wie »Der letzte Tango in Paris« elf Wochen belegte. Karo hatte ihn zweimal gesehen und Doll ihn zweimal begleitet, als wäre er Karo und Karo auch Doll. Kaum ein Fehltip, Versehen, wenn Doll das Kinoprogramm überflog, wußte er, wohin es Karo zog, »Die glorreichen Sieben« und ihre Prügeleien waren abgehakt, ein Pleiteabend für Karo, flankiert von zwei munteren Damen in der Haifischbar und abgezockt sitzengelassen worden. Aber oft lief es wunschgemäß, bei wechselndem Programm die alte Absicht, ein erregender Sommer im Kinobauch für Doll, blauer Himmel, blaue Klänge und ein tanzender Alexis Sorbas auf der Leinwand. Sonst ein naßkalter Sommer, in dem das Korn am Halm zu faulen begann, dafür »Die Sünde« mit Sophia Loren. Es war klar, was Karo gefiel, Doll mußte nur den Kinoaushang mustern, die Bikinischöne Ursula Andress oder »Goldfinger« mit James Bond waren sichere Treffer.

Unbemerkt wartete Doll am Eingang, erwartete Karo, gespannt als handle es sich um eine Liebessache, sein Puls rascher am Klopfen, wenn er Karo im Foyer beobachtete, wie er die Wartenden musterte, eine Vorwahl zu treffen schien, und sich gleich ans Anpirschen, Erobern machte. Immer den Hut auf dem Kopf, noch in der Rolle des Liebhabers, vermutete Doll, der aufregende Glatzkopf von Yul Brynner als Gegenprogramm und Gina Lollobrigida in »Fluß der Gesetzlosen«

oder Humphrey Bogart in »Tote schlafen fest«. Und Doll im Reigen der Bilder, süchtig nach der Kinowelt, ihren Helden, weiblich, männlich, die Karo zeitweise aus seinem Denken verdrängten.

Jeden Mittwoch sein Grenzwechsel aus vorgestanzten Tagen, normierten Abläufen in bunte Zelluloidgeschichten. Mit dem Lösen des Kinobilletts und dem Eintauchen in den dämmrigen Kinobauch kam bei Doll ein Feriengefühl, als habe er etwas geleistet und werde verdient belohnt. Kuschelte sich in den Kinoplüsch, sobald Karo mit oder ohne Dame eingetroffen war, und überließ sich dem wechselnden Geschehen, den Stimmen, der Musik. Ein Reisender am Ort der Bilder, von ihnen bewegt, mitgenommen, berauscht, bis der Vorhang fiel, das Licht den Zauber löschte und Doll, der immer einen Randplatz nahe dem Ausgang belegte, mit den ersten den Raum verließ und noch kinoblind seine Beschatterrolle auslebte. Hartnäckig im Schatten von Karo, der seinen Lustbezirk ansteuerte, zwangsläufig Wiederholungstäter, ebenso Doll, jeder sein eigenes Kino im Kopf, sein Mittwochleben, das ihnen gleich wichtig schien. Karo der Frauenjäger und Doll sein Schattenkumpan, eine Zweierstaffel mit fließendem Wechsel, die gleichen Klinken, der gleiche Drink, prickelnd für Doll, schon wenn er daran dachte, begann er zu pfeifen. Ließ mit den Arbeitskleidern sein spannungsloses Dasein im Spind der Papierwarenfabrik, schloß es ein, wie er vieles in sich verschloß, was ohne Sprache war, und nahm das Moped zu Karo, süchtig, den Ahnungslosen zu entdecken, ihm aufzulauern, gewissermaßen Karo in der Tasche zu haben und ihn beliebig schwitzen, Blut schwitzen zu lassen, eines Tages würde ihm Doll sein Heft mit den Mittwochprotokollen vor die Nase knallen, aber noch war nichts ausgereizt.

Karo wechselte von der Haifischbar ins Elle et Lui und verließ die Lokalität etwas später mit zwei Männern, die zwillingsgleich gekleidet und bei näherem Zusehen weiblich waren. Doll betrat das Elle et Lui, ein fremdes Parkett, die Paare mit Tanzen oder Knutschen beschäftigt, angenehm für Doll, der sich unbeachtet glaubte, ein friedlicher Zuschauer auf einer ledergepolsterten Eckbank war, abwesend schien, als habe er kein Geschlecht, aber an Karo und seine Vergnügungen dachte, seine Doppelmoral. An die Väter, die nicht abdanken wollen, nirgends, halbglatzig und feist abkassieren und die Söhne ausbeuten, bis diese Väter geworden sind und der Gejagte ein Treiber. Egal, wer dann den Spieß dreht und wer geröstet wird, solange die Dressur der Väter in den Söhnen potentielle Täter anlegt, wiederholt sich das Spiel der Macht, und immer ein Glaubensheld, der wie Abraham bereit wäre, den eigenen Sohn zu opfern.

Plötzlich zwei Männer, flankierten Doll schweigend und setzten sich, unangenehm nah für Doll, der Bullen in Zivil vermutete. Es komme alles an den Tag, hieß es, war ihm vorgesagt worden, nun größer und kräftiger, fühlte er sich dennoch hilflos. Von den beiden im Schulterschluß in die Zange genommen, bedrängt von fremder Wärme, fremden Körpern, sah er sich in Handschellen abgeführt, als Vergewaltiger überführt, alles in ihm am Zittern, und bald würden sie es mitbekommen, sein Körper würde ihn verraten, aber sie ließen sich Zeit. Der Kellner brachte eine Flasche und drei Gläser an den Tisch, schenkte ein. Die Hand mit dem Siegelring nahm ein Glas, schob es zu Doll, er sah in die Gesichter der Brüder, spürte ihre Knie an seinen Knien, erinnerte sich an seine Bedränger, ihr weißes rasendes Kabriolett, seinen Sturz. Das Zittern war nicht mehr zu unterdrücken, nichts mehr, sein Weltuntergang beschlossen, als er zu sich kam, sah er in betretene Gesichter, neben den vollen Gläsern, der Flasche auf dem Tisch eine Note, und die Brüder verschwunden. Jemand könnte ihn gefragt haben oder es kam automatisch, daß alles okay sei, ganz okay, noch benommen suchte er den Ausgang.

Seither mied Doll das Mittwochskino und verbrachte die Abende im Keller bei Mary, die allmählich unter seinen geschickten Händen zu einer vollkommenen Winchester wurde, eine präzise, elegante Win, von der sich Doll nie mehr trennen wollte, um keinen Preis, Mary als schönes Geheimnis, das ihn gegen alle Karos stärkte.

Nichts war vergessen, ein Samstagnachmittag, und Dolls Feldstecher wieder auf das Gartenhaus gerichtet, wo Karo am Fenster sein Revier ausspähte, ein weiter Bogen von Sonnenauf- zu Sonnenuntergang, die Hügelränder in den Horizont geschnitten. Doll holte sich Karo näher, sein Hut war nach hinten geschoben, und dann geschah es, ihre Feldstecher gegeneinander gerichtet musterten sich zwei Augenpaare durchs Glas, schienen sekundenlang starr, um ebenso einmütig abzubrechen. Bald der rote Golf mit Karo, der sich rasch über die kurvenreiche Landstraße entfernte, nahezu jeden Samstag für Stunden verschollen blieb. Rätselhaft für Doll, wohin es Karo zog, er ärgerte sich, daß dieser janusköpfige Karo immer entkam, wünschte ihm einen gewaltigen Schrecken, daß er ins Zittern käme und ihm der Spaß für immer verginge.

Den Vogel zum Singen bringen

Das Zeugnis bestätigte Doll, daß er die ihm übertragenen Aufgaben im Magazin der Papierwarenfabrik zur Zufriedenheit erledigt habe, auch sein stets kollegiales Verhalten, und daß er das Arbeitsverhältnis auf eigenen Wunsch aus gesundheitlichen Gründen löse. Der Kündigung war ein Gespräch mit dem Personalchef vorausgegangen und die Zusicherung, daß Doll ein lupenreiner Fall für eine Invalidenrente sei.

Ein Glücksfall für Doll, meinte der Onkel, sechzig Prozent Invalidität, dazu die Stundenarbeit im Musikautomatenmuseum, die ihm zugefallen sei wie dem Dorf die Privatsammlung, die Raritäten barg und den Namen des Dorfes gewiß zum Klingen bringen würde.

Doll fühlte sich einbezogen, wenn er die Vielzahl von Musikdosen, Jahrmarktorgeln, automatischen Klavieren behutsam entstaubte, die Karusselle, kunstvollen Puppen, Drehorgeln, Standuhren und Bahnhofsautomaten, ein besonderer Zoo, und Doll sein Wärter. Im vergoldeten Käfig zwei bunte Vögel, hüpfen hin, her, drehen den Kopf, schlagen mit den Flügeln, öffnen ihre Schnäbel und singen, wenn Doll die Automatik bedient, und der strahlende Clown, einen Teller auf seinem Schirmdach, führt ein Kunststück vor. Doll mochte die Automaten, als handle es sich um gute Freunde, vertraut mit ihrer Mechanik, war er ein freiwilliger Helfer bei Führungen, stolz über das Staunen, die nostalgische Freude der Besucher, wenn die Puppen lebendig schienen, die altbekannten Musikstücke abliefen und von einer Zeitmode die Rede war, wo man seinem Vogel im Bauer mit Hilfe eines Vogelautomaten so lange ein Lied vorzwitscherte, bis er zu singen begann. Eindrücklich auch die Orchestrien, die mechanischen Konzert- und Tanzorchester, mit verschiedensten Instrumenten bestückt, Musikspeicher, Zeitspeicher, von Geisterhänden in rhythmische Klänge verwandelt. Schlager, Jazz oder klassische Musik bewegte volltönend die Besucher, füllte den Raum, und jedesmal wurde Doll gerührt, traumselig wie manchmal mit Luca, es hätte ihn nicht gewundert, wäre er plötzlich aufgetaucht, als sei alles ein Ringelspiel, in Bewegung gebracht und am Drehen.

Das Dorf dagegen verwachsen, gesichert, weder Bahnhof noch Züge, nichts am Fließen, Strömen, die Wegbänder und Straßen in die Landschaft gemeißelt. In vorgeschichtlicher Zeit soll sich nach einem Felssturz am Ort ein See gestaut haben, lange versickert, in die Tiefe versenkt, gesunken, ein unterirdischer Spiegel, See, vielleicht, ein dunkles Auge, in das keiner schaut, von dem keiner munkelt im Hochtal, keiner wissen will, wenn er auf dem fruchtbar gewordenen Seeland das Gras mähen geht, was unter der Erde liegt, braucht kein Licht. Doll hatte darüber in der Schule gehört, auch über den Wegmeister, der im sechzehnten Jahrhundert durch den Schuttkegel einen zweihundert Meter langen Tunnel gegraben habe, und dabei an Maulwurfsgänge gedacht, die Maulwürfe darum beneidet, fühlte sich wohl deshalb bei Mary im Keller so aufgehoben.

Eine Menge Erinnerungen, die Doll bei der Arbeit mit den Musikautomaten überkamen, als habe er sein Leben schon hinter sich und mehr Vergangenheit als Zukunft. Die Musik der Automaten rührte an seine ungelebten Träume, ein komisches Heimweh, nicht zu benennen, aber schön, einer der Besucher wäre Luca, er würde ihn einschleusen und nach der Führung mit ihm durch die still gewordenen Räume gehen, alle Spieldosen und Automaten zum Tönen bringen, Salonstücke, Ouvertüren, Kirchen- und Jahrmarktsmusik, und alles aufs Mal. Luca müßte aufziehen helfen, damit es schön ballig klänge, zwitscherte, tanzte, und hier der Automat von Hyderabad, hinter dem Tempeltor die Pianistin, mit einem Diadem im hochgesteckten Haar habe sie für den Maharadscha um 1818 ihre Potpourris runtergespielt. Luca würde womöglich den Artisten im Handstand, sein Kostüm seidengelb und straßbesetzt, vorziehen, Doll es nur vermuten können, denn es wäre gewaltig laut, ein Krieg der

Klänge in Fortissimo und das Ende die alte Stille, aber nichts gelöscht, nur gebannt. Die Töne auf perforierten Platten, Notenrollen, Stiftwalzen gespeichert, Tonspuren auch im Gedächtnis der Zuhörenden und in den Hohlräumen der Automaten, Tongeister im Raum, ahnbar für Doll, aber nichts, um davon zu reden, auch nicht mit Luca, ohnehin war er nicht da, nirgendwo. Alles Täuschung, ein Beschiß, die Spieldosen und Truhen kostbare Särge, unterm Deckel die verblichene Salonwelt, mit Hilfe des Arrangeurs für Minuten zum Klingen gebracht, alles Präzision, Mechanik, aufziehen, abspielen, gelaufen, aus, und ganz wie bei Mary, laden, anlegen, abdrükken, Ende.

Begabte Hände, befanden die Restauratoren des Museums, und vertrauten dem Aushelfer Doll eine Lötarbeit an, einmalig für Doll, die Vielzahl der Instrumente am Arbeitsplatz, der kirchenleise Raum, die Andacht der Operateure, die nicht ahnten, daß diese Tätigkeit für Doll ein Spiel war und der Autodidakt technisch-manuell höhere Anforderungen gemeistert hätte, aber keiner war neugierig auf Doll und er froh, übersehen zu werden. Er hatte ja Mary, und es sah gut aus mit Mary, er würde es noch hinkriegen, und dann die Feuerprobe. Der Gedanke begeisterte Doll, eine Feuerprobe mit Mary, und würde sie bestehen, hätten beide bestanden, Doll als Büchsenmacher und die Win.

Wenn er sich ihren Siegertag vorstellte, schien Karo zu verblassen, eine überlebte Geschichte, die er dennoch nicht vergessen konnte und die Doll schattengleich begleitete, auch in den Träumen die drohende Haft und seine Fluchtversuche durch unterirdische Höhlengänge, die enger wurden, ihn zum Kriechen zwangen, bis er schließlich steckenblieb. Entfernt das Licht einer Laterne, das sich schwankend mit dem Boot bewegte, Doll konnte das Plätschern des Wassers beim Eintauchen der Ruder hören und meinte Luca zu erkennen, wollte ihn rufen, aber war ohne Stimme, stumm. Plötzlich das Pfeifen, der scharfe Schmerz von den Zähnen einer Ratte, wütend wehrte er sich und stieß sie weg, sah die anderen Schatten und wußte, daß er gegen ihre Übermacht verloren war, sie ihn gleich anspringen, sich festbeißen würden. Wach geworden spürte er noch immer den Schmerz, suchte nach seinen Angreifern, nicht sicher, ob er das nur geträumt habe, holte sich ein Glas Wasser. Die Schlafzimmertür der Mutter stand offen, aber er mußte nicht leise sein, seit sie zunehmend schlechter hörte, fühlte er sich unabhängig, als habe sie mit dem Gehörsinn an Autorität eingebüßt und sei Doll trotz seiner Invalidität aufgerückt.

Unmerklich hatte sich ihr Verhältnis verändert, schien der Jüngere überlegen, ein normaler Vorgang im Wechsel der Generationen, und gewiß hätte die Mutter der Sohnesfrau ihren Platz geräumt, aber das ließ sich nicht erzwingen, da half kein Rosenkranz, kein Ave Maria, wer nimmt schon einen, den die Fallsucht hat. Also weiter und morgen wie heute und dankbar, wenn es so bleibt, keine Krankheit sie aus der Pflicht nimmt oder Schlimmeres passiert, besser auf der Hut sein, bei ihresgleichen sind die guten Tage abgezählt.

Zum Geburtstag ein blaugrünes Hemd mit hellen Streifen, Doll würde es im Museum tragen, wenn die Saison mit den Führungen begänne und er die verschiedenen Musikautomaten aufzöge, ihre Tonseelen in Bewegung gerieten und manche Besucher, berührt, mitswingen würden. Alles gewartet worden und bereit, die Räume gesäubert, mehr Spiel als Arbeit, fand Doll, und bisweilen schien es ihm, daß er dabei ein anderer sei, den alten Doll in seinem dreiunddreißigsten Jahr abgelegt, überlebt habe und es, ähnlich wie bei den Automaten, nur einen kleinen Dreh brauchte und er könnte loslegen, die anderen zum Staunen bringen. Er hatte sie schon einmal zum Staunen gebracht, als er ins Schwarze traf und überraschend Kranzschütze wurde, unbeschreiblich sein Gefühl, als wäre nun alles möglich und er könnte, wenn er wollte, auf dem Wasser gehen oder abheben und traumähnlich über die wellige Landschaft segeln.

Nicht sehr weit der Flugzeugabsturz bei Nebel und Schneetreiben, keine Überlebenden und die

Trümmer der Maschine kilometerweit im weglosen Waldgelände verstreut. Der Tod ein Giermaul, ein hungriger Schlund, dem kein Leben entkommt, jedem seine letzte Stunde, ins Ende geboren worden, ohne zu wissen, wie viele Atemzüge gewährt werden, welcher Stern dir leuchtet und wann dein Himmel stürzt. Gesetz oder Zufall. Der Tod antwortet nicht, er zeigt sich launisch und kaum gerecht, aber könne erlösen, sagen die Lebenden, die Toten sagen nichts, oder die Lebenden können sie nicht hören.

Aber alles am Blühen, Bersten diesen Frühsommer, prallfarbig, verschwenderisch, ein Samstag und ziemliches Gedränge an der Kasse des Museums, der Magnet ein neu erworbener Bahnhofsautomat der Firma Auguste Lassueur, etwa 1896 entstanden, um die Reisenden in den Wartesälen erster bis dritter Klasse zu unterhalten, mit wenigen Münzen spielte, tanzte, drehte er sich. Gegen Diebe war das Geldfach mit einer Achtmillimeter-Pistole gesichert, löste sich die Schrotladung, konnte es zu schweren Schußverletzungen kommen. Um den Bewunderern des Automaten gerecht zu werden, wurde eine Führung mehr angesetzt, und Doll, dabei unentbehrlich, war plötzlich verschwunden, als habe sich der Boden gespalten, ihn eingesogen, habe ihn jemand verhext, ein dunkler Geist vertrieben, sei das Tor zugefallen, von einer Besucherin, die ein Kafijatuch umgebunden trug, zugestoßen worden.

In seinen Ohren ein gleichmäßiges Rauschen, Sendeschluß, die Hymne abgespielt, die letzten Bilder, und kein Morgen mehr vorstellbar, kein Tag nach heute, als wäre er blind geworden, ein Blinder, der einen Schritt über die Grenzlinie macht, unaufhaltsam sein Fall.

Die Wirklichkeit verflimmert, schwarzgrau, schmerzgrau, der lichtgrüne Spiegel mit Uferrändern gewiß eine Luftspiegelung, der lichtgrüne Weiher, das Wasser würde zurückweichen, und es gelänge nicht, sich zu ertränken, nichts gelänge mehr. Er war ein Verlierer, jede Richtung, die er wählte, eine Sackgasse. Hinter ihm die Angst, sie hetzte ihn aus dem Museum, dem Dorf, blindlings über Hügel, und jäh seine Sicht vom Grat auf den Weiher, von Baumstämmen zerschnitten, Wasserstäbe, Flimmerstäbe, ein Alphabet der Stille ohne Menschen, Tiere, wie es schien, das ihn anzog, er lief darauf zu, stürzte hangab, es pochte, glühte in seinen Adern, sie würden bersten, sein Leben dann lautlos versickern.

Das Rauschen in den Ohren wurde stärker, toste ihn ein, vor ihm der Wasserfall, ohne etwas abzulegen, kletterte er über die nassen Steine, stand zwischen der Felswand und dem stürzenden Wasser, in das er hineinschrie, gellte, einen großen Schritt weiter, und das kalte Wasser verschloß seinen Mund. Breitbeinig ließ er die Eisschnüre über Kopf und Schultern prasseln, bewegungslos, den Atem angespannt, das Wasser eine

Last, die ihn schmerzte, abwärts drückte, nichts als dieser Schmerz und die Kälte, die ihn ankroch, durch die Kleider drang, klamm und steif machte, gefühllos, aus. Seine Angst schien weggeschwemmt, eine schöne Lösung, langsam zu erkalten, es machte ihn totenruhig, langsam wegzudämmern, die Bilder, Gedanken leiser, gelöscht. Das Paradies ein Ort, vor der Schöpfung gelegen, ohne Wissen, ohne Zeit, aber jäh das Zittern in seinen Gliedern, das er nicht abwehren konnte, das ihn herumbeutelte, sein Körper war stärker als der Kopf, die Schaltstelle ausgefallen, isoliert, und zähneklappernd suchte er den Weg zum Ufer, stolperte ein Stück in den Bergwald und verkroch sich im alten Laub unter einer Felsnase. Es dauerte, bis sein Körper stiller wurde, im nassen Panzer der Kleider, und vielleicht war es ein anderer, der da lag, war Doll längst zuhause, das blaugrüne Hemd mit gelben Streifen abgelegt, und löffelte schweigsam wie immer, was die Mutter aufgetischt hatte, müßte den in der Grube nur loswerden, vergessen, was geschah, löschen, auslöschen, aber die Grube von Banderilleros umstellt, eingekreist, ihr Drohspiel mit Kafijatüchern und Lanzen, dahinter unzählige Karos am Anfeuern, Hetzen, bald die segelnden Lanzen.

Mondschatten zwischen den Stämmen, er stand auf, beinah automatisch, streifte das Laub ab und suchte benommen den Weg ins Dorf. Im Haus der Mutter war noch Licht, der Tisch zum Abendessen gedeckt, er nahm ein Stück Käse, riß vom Brot ab, ging damit ins Zimmer und legte sich schlafen.

Warum darüber reden, sie sah an den Kleidern, was vorgefallen sein mußte, wieder ein Anfall und seine Weigerung ins Museum zu gehen, ein Samstag, und sie war gezwungen, den Sohn zu entschuldigen, warum darüber reden und dem Unglück einen Namen geben. Und er hätte auch nichts zu sagen gewußt, dankbar, daß sie leise war und für die Frist, die Illusion von Freiheit, wo er glaubte, das hinter sich zu bringen, seine Panik wegen eines Kopftuches, einer Exotenmode, einer Pest. Doll hockte im Keller und vermißte seine klingenden Automaten, seine Arbeit, unvorstellbar, ohne sie weiterzuleben, vor ihm lag Mary, und er sah, daß sie vollkommen war, womöglich schon lange fertig, vollendet. Heute ließ er es zu, er brauchte Mary, ihre Stärke und seinen leisen Triumph, mit ihr ein Winner zu sein, füllte das Magazin, und während die Mutter wie gewöhnlich am Samstag die Kirche putzen ging, verließ er mit der verhüllten Mary das Haus.

Der Tag der Premiere. Doll nahm das Moped, er kannte einen abgelegenen Steinbruch, wo er Mary ohne einen Gaffer testen konnte. Mary Win, würde er sagen, enttäusche mich nicht. Vom Schießplatz das Samstaggeknalle und aus den Steinbrüchen beim Dorf, jedesmal ein kurzer harter Laut, dann der Nachhall, Lautwellen, die sich auflösten, ausflossen, jedesmal ein kleiner Tod, und sogar Sterne müssen sterben, atomisieren ihre Kräfte ins All, lautlos und unbeachtet.

Zwei Motorradfahrer überholten Doll, schwarze Lederkluft, roter Helm, ein rasches Intermezzo, das Doll nicht gefiel, ihn an eine andere Bewegung erinnerte und abrupt in einen Forstweg abbiegen ließ. Der Win würde jedes Ziel passen, Hauptsache präzis ins Schwarze, vor ihm eine Lichtung, er sah den Hochsitz und kletterte nach oben, um für Mary ein geeignetes Testobjekt auszumachen, und bemerkte einen roten Golf, der ihn an Karo denken ließ, als gebe es nur diesen Golf und Karo, überall Karo. Doll käme an, und sein Verfolger schon da, käme ihm entgegen, aber er würde nicht aufgeben, abhauen, nicht wieder durchdrehen, sich verrückt machen lassen. Heute war er oben und Mary dabei, sein Kopf metallkühl, klar, der Golf anvisiert. Karo, wie immer mit Hut, stieg ein und öffnete der Frau in langem Rock, einen Chiffonschal um den Kopf drapiert, die andere Wagentür, wendete hochtourig und verschwand. Dann die Schüsse, Einschüsse in der Baumhaut einer Birke, vor der Karo gestanden war. Doll begutachtete sie und drückte Mary an sich, daß es schmerzte. Unweit ein blanker Schädel, Doll hob ihn auf, der Schädel eines Rehs, er streifte die Ameisen ab, gab ihn zu Mary und folgte Karo mit dem Moped. Er würde ihn nicht einholen können, wollte es auch nicht, sie würden wieder aufeinandertreffen, so lange, bis einer auf der Strecke blieb. Doll meinte eine große Klettertour anzugehen, am gleichen Seil mit Karo, und mitten in der Wand der Schnitt, das Seil durchtrennt. Er nahm die kurvenreiche Strecke rasanter als gewöhnlich, traumsicher, ein Rennen gegen den anderen, gegen sich.

Es passierte mit ihm und machte eigentlich Spaß, nicht zu wissen, wohin es lief und wie es endete mit Karo und ihm, aber es ging darauf zu, und bei Zero die Auflösung, diese Kopftuchfrauen waren verwirrend, sie schienen ihm gesichtslos, auswechselbar. Doll war ruhig, als gehe es nicht um seine Person, alles befremdlich weit entfernt, das Museum, die Musikautomaten, sein Alltagsleben, dafür Karo riesignah, Karo am Abdrücken, Niederschlagen. Karo mußte weg, aus dem Bild, der Landschaft, dem Leben von Doll.

Er stand vor dem Grundstück, der Golf war abgestellt, die Läden am Gartenhäuschen geschlossen, die Fahne hing schlaff am Mast. Das Zirpen der Grillen, Lautstriche in die nächtliche Stille. Hätte er jetzt einen Kanister mit Benzin, würde er einen Feuerring um Karos Hütte legen, dann langsam das Züngeln, Lodern, Zusammenschlagen überm Dach, eine Feuerhalle, Fackel. Vom Kirchturm zwei Stundenschläge, Doll zählte mit und fuhr zwischen Kirschbäumen, das Sträßchen abwärts, ins Dorf.

Absturz

Die Büsche der Pfingstrosen voller Knospen, weiß oder rot, in einer Woche das Fest, dann werden sie voll erblüht den Altar schmücken, und beinah zu schnell der Wechsel der Jahreszeiten, nichts aufzuhalten, aber noch kann sie bewältigen, was sie sich aufgeladen hat. In einer Woche der Familientag, die Zwillinge, mit ihren Männern und das Enkelkind, natürlich freut sie sich, ein wenig ängstlich, daß alles gut abläuft mit den Tochtersöhnen, dem Sohn, die Zwillinge sind ja immer eins, beinah zuviel, befürchtet die Mutter, und wird wieder ausbalancieren, sich gewiß nicht schonen, damit es friedlich bleibt, dafür gerne einen Tag in der Küche stehen, und wenn sie dann alle genüßlich löffeln, glauben, daß sie eine Familie sind, ein bißchen stolz sein, daß sie alle an einen Tisch zusammengeführt hat.

Die Sonntagsglocken weckten Doll. Er sah Mary und erinnerte sich an ihre Premiere, die Einschüsse in den Stamm der Birke, alles Treffer, ein Blattschuß. Karo wäre nicht davongekommen und mit Karo wäre Dolls Angst gelöscht. Verdammte Glocken. Karos Hütte hatte fackelartig gebrannt. Auf dem Rasen ein Kafijatuch, vom Feuer beflackert, auf ihm ein weißer Rehschädel, den ein Liliputaner umtanzte. Verdammte Glokken, der Traum zerschlagen.

Doll nahm Mary und barg sie unter seine Matratze, kroch seltsam kraftlos zurück ins Bett. Er hörte die Mutter in der Küche hantieren, beim Zwölfuhrläuten würde das Essen auf dem Tisch stehen und sie anklopfen und wissen wollen, was ihm fehle und er dazu nichts sagen können, aber sie wäre hartnäckig, als Gesunder bleibe man nicht einfach liegen oder würde gewiß krank.

Angespannt wartete Doll auf die Mittagsglokken, unfähig, etwas anderes zu tun, klotzschwer, als würde ihn etwas niederhalten, einschnüren. Pünktlich das Klopfen, die Türklinke bewegte sich, er mußte die Türe abgeschlossen haben, hörte die Stimme der Mutter, aber reagierte nicht, soll sie auslöffeln, was sie gekocht hat. Er wollte nicht, nichts mehr, täglich am gleichen Tisch und ihr stilles Beobachten, Sorgen, sein Leben von ihr einverleibt, als wäre die Nabelschnur nie zertrennt worden, und doch ahnungslos, keine Ahnung von der Schnur zwischen ihm und Karo, wer da wen am Strick hielt, der Gedanke ein Kloß.

Sie war wie immer, alles wie immer, aber der Sohn verändert, über Nacht ein anderer, ein Fremder unterm gleichen Dach, der ihr aus dem Weg ging und sie anschwieg, wenn sie an seine Arbeit im Museum erinnerte, als würde es ihn nichts angehen, und sie fragte sich, ob er womöglich taub sei oder verrückt, und schämte sich, an sowas zu denken, täglich näher an Pfingsten.

Zum Familientag mußten zwei Kanichen geschlachtet werden, und sie hoffte auf den Sohn, seine geschickten Hände, gleichzeitig ihre Furcht, nichts mehr beeinflussen zu können, als wäre sie jedem Schrecken ausgeliefert.

Die Zeit bis Pfingsten ein zäher Brei, in dem Doll steckte, wie ein Greis schien, der nichts mehr vorhat, außer dem, was jedem bevorsteht, dann kommt die Leichenfrau und stellt zwei Kerzen auf. Er konnte das Haus nicht mehr verlassen, auch nicht benennen, was ihn hinderte, irgendetwas anzugehen. Und Mary, vielleicht ein Unglück, daß sie so vollkommen geworden war, nichts mehr an ihr zu korrigieren, er saß seine taubgewordene Zeit ab.

Plötzlich die Fahrer in Lederkleidern und rotem Helm, gespenstisch standen sie vor Doll und zielten, eine Sako Sportpistole, wie er sah, die ihn durchlöcherte. Er erwachte auf dem Kellerboden und fühlte sich leicht, erleichtert, ein Freitagabend.

Planmäßig ging die Mutter zur Hasenboxe und wählte die beiden Opfer, die zutraulich ihre Hand beschnupperten. Den Grauen hatte sie besonders gern, aber er war schlachtreif und seine Zeit vorbei. Nichts zu machen. Die Messer geschliffen, er käme als erster dran, dafür würde sie sorgen, die Augen schließen und dem Sohn zur Hand gehen. Der Tod ist immer schrecklich, Tier oder

Mensch, aber notwendig, nicht jeder endet auf einer Festplatte, schön dressiert und köstlich zart, da hat sie ihren Ehrgeiz und ihre Erfahrung. Gewiß ist der Graue der Delikatere und die Schwiegersöhne würden bei seinem Vertilgen wieder grunzen, vielleicht sollte sie schmatzen sagen, aber sie grunzen, dennoch setzte sie auf das Eheglück der Zwillinge, dankbar, daß sie es hinter sich wußte.

Doll sah die Schlächtermesser neben seiner Morgentasse und wußte, was die Mutter diesen Pfingstsamstag erwartete, ungemütlich stumm, bis der Tötungsakt vorbei wäre und sie den Tieren eilig den Balg abzöge, sie säuberlich zerlegte und sich keine Pause gönnte, bis die Teile bratfertig vor ihr lagen.

Er schob seine Kaffeetasse beiseite, nahm das Messer und schnitt sich wie absichtslos in die Fingerkuppen seiner linken Hand, in den kleinen Finger, den Ringfinger, Mittelfinger und Zeigefinger. Es ging leicht und schien schmerzlos, aber blutete heftig, und er sah es gern, versuchte das Messer in seine lädierte Linke zu wechseln, aber spürte den Körper der Mutter im Rücken, eine Hand, die ihm das Messer entriß, dazu eine Stimme, die schrie, sich ausschrie.

Endlos schien es Doll, wie sein Blut, das aus den Fingern quoll, den Tisch verschmierte, abrupt brach die Stimme. Dafür zwei Hände mit der

Schüssel und dem Verbandszeug, alte, zitternde Hände, die ihn dauerten, aber er hatte keinen Trost, alles stumm in ihm, als habe auch er sich ausgeleert, ausgeschrien, und keine Mitteilung mehr möglich von ihm zu ihr, als sei da eine Wand, die keinen Laut durchlasse, keine Nähe erlaube. Vier Finger in weißem Mull, es sah clownesk aus.

Auf dem Tisch Wundantiseptikum, Verbandszeug und Schere, eine Schüssel mit rosafarbenem Wasser und überall getrocknetes Blut. Die Mutter, ihre Arme über der Brust gekreuzt, starrte auf die Kaffeetasse, das Chaos, bis die Schüsse fielen, ein Schrecken, der sie hochriß. Sie rannte in die Richtung der Schüsse, nahm die noch warmen Tiere auf, zuerst den Grauen, und trug sie behutsam in die Küche.

Doll erneuerte den Verband, nichts mehr am Bluten und die Karnickel erledigt, mit Mary ein Spiel, trotz seiner Schnittwunden, kurz und schmerzlos, bevor sie ihren Tod wittern konnten, war es vorbei, und Mary wieder gesichert unter der Matratze.

Dann das eindringliche Klopfen an seiner Tür, er hörte sie sagen, daß er am Telefon verlangt werde und sie seinetwegen nicht herumlügen wolle, daß die im Museum sich gewiß nicht anschmieren ließen und sie in den Boden versinke vor Scham, es dauerte, bis sie müde geworden resignierte.

Vorsichtig nahm Doll die Win aus ihrem Versteck, wickelte sie in seine Jacke und verließ ungesehen das Haus.

Der Tag vor Pentecoste, sonnig und warm, viel Ausflugsverkehr in der Region, von einem Hubschrauber aus überwacht wie gewöhnlich an langen Wochenenden. Noch wartete der Reporter vergeblich auf das Telefon seiner Zuträger, auf eine Knallstory für sein Massenblatt. Im Abendprogramm »Väter der Klamotte« und »Spiel mit mir«.

Doll trug sein blaugrünes Geburtstagshemd und nahm gewohnheitsmäßig den Weg zu Karo. Die Fahne am Gartenhäuschen war aufgezogen, aber Karo schien mit dem roten Golf unterwegs. Karo und seine Amouren. Doll tauchte in den Bannwald, besessen Karo zu ertappen, ihn zur Strecke zu bringen, schlagartig wie es mit Doll passiert war, jetzt war Karo dran, und sein gutes Recht, Gegenrecht, gerecht. Doll kannte Karos Gewohnheiten, Neigungen, lief den Wald nach dem parkierten Golf ab. Lichtgeflacker in den Baumkronen, das eindrang, das Dickicht belebte, Lichtmorsen auf den Chromteilen von zwei Motorrädern, die roten Schutzhelme abgelegt. Doll nahm Mary und fegte die Helme durchlöchert von den Sitzen. Die Schüsse verhallten zwischen den Stämmen, es schien nichts geschehen. Er lud nach und verhüllte Mary, kam sich komisch vor, geprellt. Einer, der immer ins Leere läuft, nichts als Luftattacken und nie ein Gegenüber, keinen Körper, kein Gesicht, nichts als Luft, und fließt Blut, ist es seins, er könnte sich ausbluten, totballern, keiner da, kein Mensch, wie ausgestorben um Doll, gestorben. Doll eingesargt, kein Laut, der ihn erreichte, taub geworden, tot, schmerzlos schön der Zustand, tranceartig, was sich an ihm bewegte, schien mechanisch, etwas ließ ihn gehen, egal was, wohin, so egal, der Kopf leicht geworden, luftleicht, leer, alles verblasen.

Das Todesgeflecht

Zwischen Kirschbaum und Goldregen, Spiräe und dunkelndem Flieder war der Mann ohne Hut kaum auszumachen und schien für den Beobachtenden geschrumpft, ein Schrumpelmann mit Glatze und Bauchansatz, der sein Grundstück abschritt, ein roter Golf im Baumschatten. Später Nachmittag, die Türen am Häuschen offen, aber die Gattin nicht zu sehen, die, gegen ihre jahrealte Gewohnheit, nur die Sonntage hier zu verbringen, plötzlich dagestanden war. Überraschend für den Mann, der, von seinem Stundenausflug zurückgekommen, sie vorfand, ein Rätsel, das sie nicht lösen wollte und das den Mann verwirrte, was hat sie zur falschen Zeit hergeführt, wo sie den Bannwald und das Freizeitgeknalle vom nahen Schießplatz und aus den Wäldern tödelig und zu unheimlich findet, um hier zu nächtigen?

Zehn Gehminuten entfernt verließ die achtzigjährige Tante des Mannes mit ihren Söhnen das gemeinsame Wochenendhaus, um zum Jassen und Plaudern zu den Verwandten zu spazieren. Im Kofferraum ihres Autos die Lebensmittel für das Pfingstwochenende noch unausgepackt, aber die Karten waren diesmal anders gemischt, ein Spiel nur mit Verlierern.

Karo näherte sich seinem Gartenhäuschen, noch immer zufrieden, was er aus dem früheren Geräteschuppen gemacht hatte, blieb plötzlich stehen, als habe er etwas gehört, und drehte sich erwartungsvoll, seine Todessekunde.

Unmerklich das Zeitrad, rückt, und eine Frau, Friseurkopf, gemustertes Sommerkleid und in den Sechzigern wie der Mann, der sich auf seine Pensionierung gefreut habe, lief barfüßig aus dem Haus und wurde, ein Repetierunterhebel mußte dazu bewegt werden, mit Kopfschüssen niedergestreckt.

Jeder Schritt brachte die Verwandten näher ans Patria, die Blutzone, Todeszone, die sie ahnungslos betraten, und wo sie sekundenschnell hingerichtet wurden, der ältere Sohn, dann der jüngere, dem noch die Zeit für eine abwehrende Armbewegung blieb, die Achtzigjährige nahm der Tod im Gartenhäuschen, ein Loch über ihren offenen Augen, der Mund schreckverzerrt.

Dreizehn Schüsse und jeder todbringend, tödlich, der Täter im Blutfieber, Hebel drücken und feuern, in diese Köpfe, Körper, die ihn überraschten, störten, als habe sie das Blut von Karo angelockt, aber chancenlos gegen eine Mordmaschine, das orgastische Mordrasen, zwei Schüsse in den Körper, elf in den Kopf, davon vier zwischen das gleiche Augenpaar, und weitergeballert in die Wände, den Boden.

Es verhallte und schien nichts, weniger als eine Sternschnuppe, die verglüht, Bäume und Büsche am Schweigen, die Menschen wie taub, gleichgültig. Unweit eine Frau, schien in ihre Feldarbeit vertieft und lernte gleichzeitig ein Gedicht für eine Hochzeitsfeier auswendig. Sechzig Meter entfernt, das Haus eines vorsichtigen Anwohners, der sich seinen Feierabend nicht von anonymen Schüssen durchlöchern ließ, besser sich raushalten, fernhalten, nirgends hineingezogen werden.

So einfach das Töten, rasch und schmerzlos mit einer Winchester, Kaliber 38, Kaninchen oder Menschen, sie stoppen, stürzen, aus, der Atem erstorben, das sickernde Blut bald gestockt. Vorbei, geschehen, nichts zu korrigieren für Opfer und Täter. Er streifte sich Wegwerfhandschuhe über und holte den blauen Arbeitskittel vom Türhaken, als habe ihn jemand geheißen aufzuräumen, versuchte sich in den Kittel zu zwängen, zu groß, breit, zu kräftig, ging zu Karo und zog ihn ins Haus, warf ihm den Kittel über.

Als nächstes die Brüder, das schwule Brüderpaar. Rasendes Kabriolett und seine Flüche aus dem Straßengraben, der Tag ins Gedächtnis gebrannt, der Weiher, die Frau, der Anschlag von Karo, das Spiel der Brüder am einarmigen Banditen, ihr Auftritt am Wirtshaustisch, ihre Anmache, alles da, gegenwärtig, als sie unvermutet vor ihm gestanden waren, regelrechte Schießfiguren und ein schönes Rendezvous für die Killermary. Er verstaute die beiden im Wohnraum, darauf bedacht, sich nicht zu beflecken.

Entfernt das Sechsuhrläuten, fernblaue Zeit, er war am Räumen, Ordnen, stülpte über den blutverklebten Friseurkopf eine Plastiktüte und hüllte die Frau in einen Teppich, legte den Pakken auf die Veranda, als verdiente sie einen gesonderten Platz. Das Läuten verflogen, verweht, sein Gefühl, einen Krieg als einziger überlebt zu haben und doch tot zu sein, so tot wie die alte Frau, die abgewinkelt beim Küchenschrank lag, die Beine gespreizt und ungeschützt.

Er nahm die Autoschlüssel an sich, als habe ihm wer eingeflüstert, wie weiter, und er sei ein Befehlsempfänger, verschloß das Totenhaus, ging mit Mary zum Golf und fuhr hochtourig den Todesweg in der Gegenrichtung. Im Wald eine Schlammwanne, die Räder drehten leer und baggerten sich tiefer, er stieg aus, prüfte die Situation, nahm die Decke vom Rücksitz des Wagens und legte sie unter die Räder. Es lief, und er staunte, wie gut alles lief, ohne jede Fahrpraxis, über kurvige Nebensträßchen talwärts, abrupt ein Stop. Zwischen den Bäumen der tiefer gelegene Steinbrunnen, ein Mann mit Hut und Stock beugte sich über das Wasser, langsam rollte der Wagen, der Mann wieder weg, der Brunnenmann, ein Phantom? Unweit die Autostraße, Verkehrslärm, er verließ das Auto, schloß ab und bemerkte, daß er Plastikhandschuhe trug, streifte sie ab und wusch lange seine Hände im Trog, neben ihm Mary, mumiengleich eingehüllt, und ein Fernglas, von dem er nicht wußte, wie er dazu gekommen war. Machte sich dann zwangsläufig auf den Weg.

Die Bombe

Fünfzig Tage nach Ostern, und der Himmel heiterblau an Pentecoste, »ein liebliches Fest«, nicht nur für den Dichter aus Weimar, zweiundsiebzig Sonderzüge am Rollen, die Ausflugsschiffe überladene Archen.

Reporter K. am Rundtelefon mit den anderen Außenstationen seines Massenblattes, täglich zur gleichen Zeit. Ein Traumjob, wie er gerne sagte, obwohl ihm das Schreiben nicht leicht falle, dafür der Draht nach draußen, nichts am Rosten nach dreiundzwanzig Jahren, die Kontakte stabil. Auf seinem Schreibtisch eine zugelaufene Katze, die das Läuten des Telefons nicht weckte, aber bei Reporter K. begann es zu ticken, eine Bombe, ein Bombenknüller, sein größter Fall, würde er einmal sagen. Er bedankte sich für die vertrauliche Nachricht und informierte umgehend den Zuständigen seiner Zeitung, daß vermutlich eine Bombenstory anstehe, und erreichte noch vor den Kriminologen den Ort der Bluttat.

Eine regelrechte Hinrichtung, würde er schreiben, mit der jüngeren Tochter beginnen, die gegen elf Uhr fünfundvierzig in Begleitung ihres Freundes am Gartenhäuschen eingetroffen war, beunruhigt, daß die Eltern sie nicht abholen kamen, würde die roten Spuren erwähnen, von ihr zuerst als Kirschen gesehen, aber es war keine Kirschenzeit, neben dem Blut zwei Patronenhülsen. Ihre Schreckensahnung und der Telefonalarm beim Polizeiposten, der Schreckensfund. Achtzehn Stunden nach der Tat der Großalarm, dreißig Polizisten mit Hunden, die das Gelände hermetisch abgeriegelt hielten.

Eine Menge Stoff für Reporter K. und Kollegen, häppchenweise geliefert, ausgedruckt, die Porträts der Opfer mit Bildlegenden schwarz auf weiß, Namen, Alter, Zivilstand, Beruf, ihre Verwandtschaftsgrade. War es eine Familienfeme, ein Racheakt, Blutrausch, Beziehungsdelikt? Reporter wie Fahnder am Forschen, Sexualvergehen und Raubmord schon ausgegrenzt, einfache Leute, ihre Biographien in wenigen Zeilen abgehandelt, ausgelotet, aber nicht ihr gewaltsamer Tod.

Hatte die Norne ihre Lebensfäden verknotet oder der Zufall, wie gesetzmäßig geschieht es, kein Leben scheint ausgelebt und der Tod beliebig. Wer seine Umarmung ersehnt, ahnt den stillen Begleiter seit Geburt, aber meint das Leben, seine Passion mit dem Leben, sie ist erzählbar, aber kein Tod. Er hört vielleicht zu, aber antwortet nicht, wer sein Gesicht erkennt, immer ein anderes, den erreichen keine Stimmen, keine Fragen mehr.

Das Dorf mittagsträg, die in den Häusern am Verdauen, Hochamt oder Frühschoppen, und ein störungsfreier Familientag für die Mutter, die auf das Hochamt verzichtet hatte, dafür delikate Kaninchenbraten, auch ein Gottesdienst, die Familie vereint am Tisch. Zerlegen, kauen, schlucken, und keine Überraschungsattacken der Tochtersöhne, keine Revierkämpfe, die Zwillinge mit sich beschäftigt und der Sohn, ohnehin so stumm, zu übersehen, der versöhnende Pfingstgeist bei ihnen.

Plötzlich der Hahn, sein verrücktes Krähen befremdlich um diese Zeit und so ausdauernd, als müßte er die Feiertagsruhe zerkrähen, aber es schien niemanden zu kümmern, auch nicht das Hornen der Streifenwagen, die den Ort durchjagten. Endlich das Gellen der Totenglocken vom Kirchhügel, zuerst die große Glocke, dann die kleine Glocke, die große, die kleine, die große, was die Bewohner aufmerken ließ, beunruhigte. Keiner wußte, ob es einen Mann oder eine Frau aus der Gemeinde ereilt habe. Noch nie hatte die Männerglocke mit der Frauenglocke im Wechsel den Tod angezeigt, bis ihre Tonfarben ausliefen, verschmolzen, nichts mehr auseinanderzuhalten war. Mannfraumannfraumann.

Wäre der Alte auf dem Hügel von seinem Kaplan nicht überrannt worden, hätte das Dorf seinen Pfingstfrieden noch etwas bewahrt. Die Totenfrau blieb für diesmal arbeitslos, die Toten im Patria zählten nicht zu der Achthundert-Seelen-Pfarrei, und der Kaplan würde seinen Ungehorsam verantworten müssen. Seinen Glockenterror, mit dem ein Kriminalfall eingeläutet wurde, eine andere Zeit, mit Fahndern im Dorf und Medienspektakel, der dunklen Angst der Bewohner, eine Bombe detoniert nicht folgenlos.

Reporter K., nah am Krater, fotografierte, was möglich war, nicht die Opfer, ein schauriger Anblick, würde er noch zwanzig Jahre später sagen, sich an die totenstarren Körper erinnern, die sich gegen ihre Bleisärge zu sträuben schienen, an die Leichenwagen vor Ort, als wäre der Tod unersättlich, sein Bluthunger nie vorbei.

Einen Terroristenanschlag vermutete Reporter K., die Baader-Meinhofs nicht auszurotten, einem Untier gleich, dem die abgeschlagenen Arme und Köpfe nachwachsen, über die Grenzen ins Nachbarland wuchern würden. Vielleicht habe er sich auch keinen einzelnen Mordschützen vorstellen wollen, der den Lauf einer Winchester gegen ihn gerichtet halte.

Der Wein sei bereits für die Verwandten entkorkt gestanden, der Tod aber habe alles aufgehoben, eine absurde Gesellschaft, die da gelegen sei, niedergestreckt, ausgesetzt, ein Krimi live, und täglich fortzusetzen für Reporter K., bis die Täterschaft gefaßt wäre.

Für die Experten nur ein Täter, alle Todesschüsse seien aus der gleichen Waffe abgegeben worden, eine Tötungsorgie, ein Mansondrama? Das Fangnetz sei gespannt, erstrecke sich über den Mordplatz, das Dorf, den Verwandten- und Freundeskreis der Opfer und dehne sich täglich, vernetze, trotz ihrer Rivalitäten und der Neigung sich abzugrenzen die Fahnder, Wissenschaftler, Kriminologen des Landes mit Interpol.

Noch war die Zeit nach dem Ereignis eine Summe aus Stunden und überblickbar, über zwanzig Fahnder, die vor Ort ermittelt hätten, in der Krone das Zentrum, man habe sich im Dorf von ihnen belauert gefühlt und gleichzeitig geschützt. Das Grasland um den Mordplatz sei bei der Suche nach versprengten Patronenhülsen abgetragen worden und Froschmänner hätten nach der Mordwaffe getaucht. Man habe in Wäschereien, bei Trödlern und Waffenhändlern nachgespürt, nach dem Schlüssel des Häuschens und dem verschwundenen Fernglas eines Opfers geforscht, habe fünftausend für Hinweise ausgesetzt, schließlich am fünften Tag das Gartenhaus demontiert und in einen Werkhof ausgelagert, um besser kriminalwissenschaftlich arbeiten zu können, habe Fingerabdrücke, Blutspuren, Textilfasern ausgewertet. Die Betonsockel am Tatort, kahle Stümpfe, hätten den Reporter an Kahlschlag denken lassen, den Kahlschlag von Leben.

In den folgenden vier Wochen sei er täglich ins Dorf gekommen, habe seine eigenen Recherchen verfolgt und den Bericht an die Zeitung durchgegeben oder in der City abgeliefert. Er kenne dort nur den Weg zu seiner Zeitung, damals die Whiskyredaktion genannt. Nichts als schwarze Nachrichten und Skandalgeschichten auf dem Tisch, ihr täglich Brot, ihre Existenz, da brauche es einiges zum Wegspülen. Im Mordfall Patria sei die Kripo mit jedem Tag nervöser geworden, ständig neue Einsätze, Festnahmen, Verhöre, Besprechungen, ständig das Aus. Als wäre der Täter informiert und den Fahndern immer einen Schritt voraus, ein seltsamer Zufall für den Reporter, daß dem Täter um diese Zeit niemand begegnet sein soll und niemand bei den Schüssen aufgemerkt habe. Alles sei nebulös geblieben. Reporter K. kenne jede Einzelheit des Falls, aber es sei ein Puzzle mit Löchern geblieben, seine fehlenden Teile unauffindbar und die Dossiers am Wachsen, ein Mausoleum aus Aktenmauern.

Von Pfingsten bis Weihnachten seien die Fahnder in der Krone stationiert gewesen, viele Hellseher und Pendler hätten sich gemeldet, der Reporter habe initiativ zwei bekannte Hellseher im Ausland aufgesucht und darüber berichtet. Und ständig die Ankündigung der Fahnder, daß der entscheidende Durchbruch unmittelbar bevorstehe, ständig neue Überprüfungen, mögliche Tatwaffen, Tatautos im Test, die Opfer längst begraben.

Babel

Die Kirchenbänke leerten sich zusehends, aber der Alte auf der Kanzel schien es nicht mitzubekommen, stand da oben und redete, als habe er den Leibhaftigen vor sich und müsse die Seelen seiner Gläubigen verteidigen, dem Erzengel Michael gleich, der dem Drachenteufel mit Kraft seine Lanze in den Hals stieß, wie von Albrecht Dürer auf einem Holzschnitt dargestellt.

Der Alte besaß ein fotografisches Gedächtnis, das Gewürm, die abgefallenen Engel, das Wolkentoben, der Böse schließlich gebunden und für tausend Jahre in den Abgrund geworfen. Auf dem Bild ein kraterförmiges Erdloch, mit einem Dekkel verschließbar, ein Bühnenabgang, der Böse und sein Gewürm auf Höllenfahrt, auch für einen Erzengel kein leichter Sieg.

Und der Alte weiter am Reden, ein Automat, der überdreht schien, ständig das Böse beschwor, das Verhängnis über dem Dorf und die Verfinsterung seiner Bewohner, ein geheimer Kriegsschauplatz. Die Bluttat an den Wochenendgästen habe das Dorf mitgetroffen, Angst und Mißtrauen unter den Einheimischen ausgelöst, ein Jagdfieber, eine Seuche, ein Denken, das zu neuen Verbrechen führe. Zeit, sich an Judas und sein Ende zu erinnern, an die Schlinge, die er sich um seinen

Hals gelegt habe, jeder Judaskuß ziehe ein Golgatha nach sich, ein Golgatha, ja, ein Golgatha, ein Golgatha – auch der Alte schien am Ende, verließ ohne Amen die Kanzel, den Kirchenraum über die Sakristei, während sein Kaplan die Messe für ein paar Fromme zu Ende las, die sich gleich nach dem Segen zerstreuten, ausgenommen die Totenfrau, die vor der Madonna am Seitenaltar kniete, zur Pieta erstarrt war, auch wenn der Leichnam des Sohnes darauf fehlte.

Zeit für den Frühschoppen in der Krone, aber der Stamm war ausgeblieben, seit der Dauerpräsenz der Fahnder, außerdem, wer konnte wem noch vertrauen. Im Schrittempo ein ausländischer Pressedienst, am offenen Autofenster eine Kamera, die sonntagsleeren Straßen, verschlossenen Häuser im Visier, manchmal ein Vorhang, der sich geisterhaft bewegte. Wer Verwandte im Dorf hatte, mied den Kontakt, jedem konnte das Kainsmal aufgedrückt werden, jeder ein Täter sein, täglich neue vertrauliche Hinweise an die Adresse der Fahnder.

Man habe einen Mann mit Gewehr und Pudel, eine Stunde nach der Tat, nahe dem Mordplatz gesehen,

man frage sich, wofür der Metzgergeselle heimlich ein tiefes Loch ins Bachbett gegraben habe, man sei auf der nächtlichen Landstraße von einer jungen Rotte behelligt worden, ein Rothaariger mit Vollbart habe das Auto zu stoppen versucht, in der Hand einen blitzenden Gegenstand, ein Mordmesser?,

man vermisse den Sohn des Ofenbauers, der plötzlich verschwunden sei,

man wisse, daß der Neue in der Käserei mit einer Bardame lebe und öfters einen Vorschuß brauche,

man habe einen Mann an der Tankstelle getroffen, kleiner schwarzer Schnurrbart, gepflegte Hände, stechender Blick und die Schuhe aus Krokoleder,

man wisse, daß der Junglehrer wie besessen auf die Blätter der Bäume schieße,

man habe einen Fremden mit einer Landkarte am Mordplatz angetroffen, im Maßstab 1:100000, also unbrauchbar, lange blonde Haare, die Hosenbeine ausgefranst, ständig habe er sich umgeschaut,

man kenne jemanden, der im Weinkeller mit Kleinkaliberwaffen auf Scheiben ziele, außerdem dreiviertel Liter pro Abend trinke, man habe am fraglichen Abend, nur drei Kilometer weiter, einen mit einem Mao-Stehkragen bemerkt, er habe sich Bier besorgt und sei als arrogant aufgefallen,

man bedenke die zunehmend fremden Elemente im Dorf, und daß sogar die Japsen das Musikautomatenmuseum besuchen kämen,

man wisse von einem hohlen Baum und von Werkspionage in der chemischen Industrie und könne sich vorstellen, daß der Mörder, ein Unruhestifter?, aus dem Osten komme,

man habe gehört, daß einer der fünf Ermordeten der Mörder sein solle, der Mörder des Mörders habe sich anonym zur Tat bekannt,

man habe auch von einer Unbekannten erfahren, die ständig in Angst lebe, sie habe im Hotel Dreikönig den Fundort der Toten genau aufgezeichnet, aber sei von einem düsteren Mann weggezogen worden. Einen Tag später habe sie der Zeuge, dem sie sich anvertrauen wollte, auf dem Sozius eines rasenden Motorrads wiedererkannt und sich mit einem Satz in die Büsche gerade noch in Sicherheit bringen können.

Der Uniformierte auf dem Sofa war der Tochtermann, aber Uniformen schreckten die Mutter, egal welcher Art, sie verändern den Träger, lassen an Machtspiele, Kriegsspiele denken und die privaten Beziehungen vergessen. Sie wußte nicht, ob der Uniformierte in amtlicher oder privater Eigenschaft auf Doll wartete, gewöhnlich nahm er den Kaffee schwarz und ohne Zucker, heute mit Sahne und so viel Zucker, daß sie fürchtete, der Kaffee sei für ihn verdorben, aber er schien ein anderer, rührte in der süßen Brühe und trank, ohne sein Gesicht zu verändern, er war noch nie überraschend gekommen und redete an den Familientagen kaum mit Doll.

Also doch amtlich, der Tochtermann auf dem Sofa ein Polizist im Dienst, ein Diener, Andiener, der sich hervortun wollte auf Kosten der Familie, des schwächsten Gliedes in der Familie. Ein abartiges Glied, wie er einmal sagte, unvergessen, und keiner am Tisch, der etwas dagegen sagte oder wissen wollte, was abartig sei, das Kellerleben von Doll zwischen Waffen und Tierknochen, seine Krankheit oder daß er als Frührentner einer fetten Made gleiche, die sich von der Leistung anderer nähre. Doll ließ den Teller stehen und ging vom Tisch. Und sie wünschte sich den Tod, wieder und wieder, weil sie ihn empfangen und geboren hatte, und für ihr Versagen seit seiner Geburt. Ihre Ohnmacht bei seinen Absenzen und ihre Furcht, daß sie ein Monster genährt habe, eine Kraftmaschine, die alles sprengte, womöglich imstande, den Dachstock vom Haus zu heben, wenn sie daran dachte, an seine brache Kraft, seine hilflose Größe, schämte sie sich, war hilflos wie er und im Kopf und Bauch einen elenden Schmerz und die Ahnung, daß es so bleibe. Die Distanz zum Sohn zunähme, sein Leben eine Kapsel, die sich lautlos entfernen würde, wegtriebe, wegschwämme, unerreichbar, als wäre sie tot oder er und nichts zu beeinflussen, zu korrigieren, da hilft kein Glauben, Hoffen, keine Liebe, der Himmel wie Blei.

Der Uniformierte stand am Fenster, Hände überkreuzt auf dem Rücken, Daumen und Zeigefinger der rechten Hand scherengleich am Auf- und Zuklappen, ein hungriges Maul. Die Wanduhr gongte. Der Uniformierte verglich die Stundenschläge mit seiner Uhr am Handgelenk, Feierabend.

Ob er vielleicht zum Essen bleiben wolle, sagte sie.

Man habe vier aus dem Dorf festgenommen, sagte er.

Zündel, Feger, Win und Kloss, sagte sie.

Und weiter?

Nichts weiter, nichts.

Seine Kumpel, Schießgenossen?

Das hätte sie doch mitbekommen, aber Doll hocke im Keller oder womöglich in den Bäumen, aber jedenfalls allein, auch wenn er rede sei da niemand, nichts, er rede gegen die Wand, in die Luft, und das wär's, das sei auch nicht verboten, daß einer lieber mit sich rede als mit den anderen, wer wisse schon, worauf er sich einlasse. Ein Babel, das Dorf, keiner verstehe, was der andere meine, ein Sündenbabel, was da an Gerüchten und Verdächtigungen kursiere, nicht jeder könne ein großer Unterhalter sein, der Sohn sei nun mal ein Schweiger, aber das bedeute nicht, daß er gefühllos sei oder verrückt, weil er mit sich rede, besser als am Schweigen zu ersticken.

Aber normal sei das nicht, von heute auf morgen den Job hinwerfen, einen guten Job, so was liege nicht auf der Straße, schon gar nicht für einen wie ihn.

Mit Krücken laufe es sich anders als ohne. Ein Gesunder habe keine Ahnung, was das bedeute, krank zu sein, lebensbehindert, da gebe es kein Verständnis, keine Verständigung, keine Brücke von einem Ufer zum anderen. Die Krankheit sei ein Makel und erinnere an den Tod, sie wisse, wovon sie rede, auch bei der Totenfrau sehe man lieber den Rücken als ihr Gesicht.

Nun mal Tacheles, das Invalidsein bringe ganz schöne Vorteile, der Schwager könne doch machen, was er wolle, wenn er an sein Tüfteln im Keller denke, und gar nicht so harmlos, was er da treibe.

Was treibe er denn?

Das möchte er gern vom Schwager hören.

Vom Schwager...

Sie begreife doch, daß er nicht endlos Zeit habe und nach Hause wolle, aber vorher den Keller sehen müsse.

Sie könne sich nicht vorstellen, wozu das gut sein solle, außerdem sei Dolls Revier abgesperrt.

Ob das heißen solle, daß sie in ihrem eigenen Haus nicht überall Zutritt habe?

Das störe sie nicht, sie habe ja auch ihr Revier, jeder brauche das.

Dieser Invalide könnte also unbemerkt an einer Bombe basteln.

Das sei ungeheuerlich, eine böse Verleumdung, das müsse sie sich nicht anhören, sie habe schon viel hingenommen, aber das gehe zu weit, das hätte sie von einem Tochtermann nicht erwartet, der gute Ruf sei schnell verloren, aber sie würde nicht einfach zusehen und die Familie dem Chaos überlassen, soweit sollte er sie kennen, ganz egal, was ihn heute hergeführt habe, es sei für alle besser, wenn er jetzt gehe.

Es sei ihr wohl egal, daß der Mörder noch frei herumlaufe?

Es habe genug Polizisten im Dorf.

Und der Schwager, ob er denn ein Alibi für die Mordzeit habe?

Doll sei nicht mal imstande, ein Kaninchen zu schlachten, und jetzt raus, oder sie vergesse, daß er der Tochtermann sei.

Sie solle sich nicht wundern, wenn das Haus bald auf den Kopf gestellt würde.

Türe zu. Alle Türen. Die Fenster. Die Läden vor den Fenstern. Was draußen war, sollte draußen bleiben. Sie saß im Dunkeln, erleichtert, wie dunkel es war, das Sofa ausgeblendet, von der Schwärze verschluckt worden, die Zeit mit dem Uniformierten, dem Ordnungshüter, der das Chaos gebracht hatte. Nichts als Unordnung in ihren Gedanken und das Gefühl, unaufhaltsam zu drehen, zu treiben, sie hätte ihn anfallen, ihm die Gurgel zudrücken wollen, bis seine Stimme verblasse, die sie an ihren verstorbenen Mann erinnerte, sein Poltern, egal, was er gesagt hatte, es kam steinschlagartig und hinterließ einen Schrecken, das gleiche Schuldgefühl wie jetzt. Immer wieder ihr Traum, sie sei zum Tod verurteilt worden und die Hinrichtung stehe bevor, und ihr vergeblicher Versuch, das, was ihr wichtig war, noch in eine endgültige Ordnung zu bringen. Aber so was gibt es nicht, für niemanden, und sie wäre mit weniger zufrieden, schon glücklich über ein gewöhnliches Familienleben. Dabei älter werden und loslassen, immer mehr lassen, und die Jungen in ihrem Leben eingerichtet, mehr würde sie nicht wollen, und den meisten gelingt es ja, mehr oder weniger, wenn es nur nicht schlimmer käme mit Doll. Sie wußte nichts mehr, nicht, wo er war, was ihn beschäftigte, nur ihre namenlose Furcht, ein Grauen, wenn sie schlaflos lag und sich das Kissen in den Mund stopfte, ihre Schreie erstickte und ihren Zorn gegen die ganze Gesellschaft da draußen, nichts als Soll und Haben, wer nicht funktioniert, fällt raus. Aber Doll schien das nicht zu bewegen, ganz normal war er nie, hatte immer seine Macken, aber war doch zu erreichen, irgendwo zugegen, jetzt schien er ein Fremder hinter einem Panzerglas, oder lag es an ihr, es gab niemanden, den sie fragen konnte. Bisher hatte sie es allein bewältigt, und wenn Doll krank im Kopf war? Verrückt, seine Nächte im Keller zu verbringen oder unterwegs und bei Tag zu schlafen, dann horchte sie an seiner Tür, aber es war so still, daß sie glaubte, er sei tot, sein Atem stehengeblieben. Er würde entseelt liegen, weniger riesig sein und sie ihm die Hände falten, rührend seine Bartstoppeln im Kindergesicht, aber sie würde sie abrasieren und die Kerzen aufstellen, ein friedvolles Ende, aber es war nicht zu Ende, nichts, und der Tod auch keine Lösung, eine Sünde, daran zu denken, ihr schauderte, als stände er im Zimmer, der Geruch nach süßer Fäulnis, moderndem Laub, sie wollte Licht machen, aber wagte sich nicht zu bewegen, plötzlich der Gedanke, daß es aus der Bodenvase mit Astern und Chrysanthemen roch, sie drehte den Lichtschalter und machte sich ans Ausputzen, Wegwerfen.

Requiem

Auf dem Kirchhügel das Ghetto der Toten. Ohne Gegenwehr nach dort befördert, ihre Stimmen, Gedanken verweht, einzige Hinterlassenschaft die willkürlichen Erinnerungen der Hinterbliebenen, manchmal weniger, nichts, und einfach verlorengegangen.

Ein Fremder gegen vierzig, ohne Identität, war im rotblauen Schlafsack vom Wildhüter aufgestöbert worden und bei den folgenden Einvernahmen sechs Wochen stumm geblieben bis zu seinem überraschenden Tod. Der Gemeindeschreiber, gleichzeitig Zivilstandsbeamter und Steuervorsteher, nannte es eine Schererei, erleichtert, als der Namenlose nahe der Kirchhofmauer lag, aber unnötige Kosten für das Dorf. Das nächste Mal wüßte er, wie verfahren, den Namenlosen ein paar Dörfer weiter befördern und ausladen. Auch der Pfarrer verweigerte sich, ohne Taufschein kein christliches Begräbnis, und der Totengräber besorgte den Rest.

Doll war es egal, auf wen er schaufelweise die Erde schüttete, ein Totengräber interessiert sich für das Sargmaß und wie tief er zu graben hat, auch für das Wetter und die Jahreszeit. Doll hatte schon alles erlebt, auch den Fallwind wie heute, ein Wolkenjäger, die Hügel schwarzblau, massiv, und bald die Regenflut, Wasserpeitschen im Gesicht und Nacken. Das Wasser sammelte sich, warf Blasen auf lehmigem Grund, wie damals, am ersten Tag als Totengräber, wo Doll seinen wunderlich gewordenen Paten Adolf mit gebrochenem Genick begrub und niemandem auffiel, daß Doll nasse Augen bekam, niemand ahnte, daß es die Win war, die Doll zum Totengräber werden ließ, und sie mit dem Onkel begraben wurde. Mary, nach der man landesweit suchte, eine Winchester Kaliber 38, spezial, Original oder Replica des Modells 1866, 73, 92 oder 94.

Seine Mary war ein Original von 1892 und der Abschied von ihr ein Tod, seither ein Totengräber, der zum Friedhof gehörte, am Grab des Patenonkels stand und dabei an Mary dachte. Schmale Totenfelder, die Gedenksteine gleich groß und streng ausgerichtet, nach Jahren geordnet, gesetzt, dazwischen die Wegbänder mit Kies oder Granitplatten, ein Bergfriedhof mit Rundblick.

Wieder die Schüsse, während Doll den Namenlosen beerdigte, rollten wellenartig über die Hügel, prallten an Jurazähne, kamen zurück, wieder und wieder. Doll warf die Schaufel weg und hielt sich die Ohren zu, aber es ballerte, knallte, vermischte sich mit dem Geklapper von Pferdehufen, und er duckte sich vor den Phantomreitern, Lautschlägen, war verurteilt, gefangen. Gefängniswege und das Klappern von Schuhen auf langen Korridoren, der Hall einer zugeschlagenen Steintüre, in metallischen Lettern das Dolf, Adolf, Doll, kein Datum, als wäre er nicht geboren und stünde alles bevor. Er packte die Schaufel und schlug kräftig gegen den Stein, es klirrte, und er erkannte den Grabstein seines Onkels.

Wieder und wieder die Schüsse, den Zeitweg zurück, gezerrt, gestossen. Karo mit Hut hält die Pistole, zielt, aber Mary ist schneller und gierig, löscht alle Karos, fegt sie weg, sein Glück, sein Unglück. Die kurvige Straße abwärts, Hände im Brunnenwasser, das Schattengesicht wellt sich, verfließt, weglos bergauf mit Mary, gestiegen, gestürzt, die Höhlenöffnung vaginaähnlich, weitet sich, läßt ihn zu. Ein warmer Erdort. Er dringt tiefer, verhängt sich mit dem Fernglas, vorsichtig den Kopf aus der Schlinge, das Glas bleibt im Wurzelgestrüpp, es wird enger, schließt ihn aus, zu mühsam sich umzudrehen, und er tastet sich rückwärts aus der Höhlennacht. Mary in der Hülle erkennbar, aber er kann sich nicht trennen, noch nicht, schleicht sich im Dunkeln indianerartig zurück und legt sie unter seine Matratze. Hört die Mutter durch die Türe schnarchen und wirft die Kleider und Turnschuhe in die Waschmaschine, stellt das Programm ein und sackt für Stunden ins Bett.

Mary weckt ihn, der Gedanke, daß er sie wegbringen, schützen muß. Erste Vogelstimmen in der Dämmerung, der Hahnenschrei gespenstisch fern, das normale Leben, während er für Mary eine sichere Bleibe sucht, sich an eine hochgelegene Baumhöhle erinnert, ein verlassenes Hornissennest und mühsam für ihn zu erklettern, aber mit Mary geht es doch, gibt sie behutsam in den Hohlraum. Vorläufig, sagt er, und werde später neue Verstecke für sie aufspüren, hangelt sich wieder abwärts, landet auf Händen und Füßen, die Schnittwunden seiner rechten Hand brechen auf und bluten. Er betrachtet sie wie einen fremden Gegenstand, zwischen dem Gestern und Heute ein Zeitriß, vielleicht ist er tot und verdammt weiterzuleben, ein schöner Familientag, alles am Leuchten, ihn wundert nicht, seine Wäsche schon gebügelt vor seiner Tür zu finden.

Anstelle Marys die Zeitungsausschnitte unter seiner Matratze, die Zeit nach der Bluttat addierte sich, die Stunden, Tage, Wochen, Monate und weiter, immer weiter. Ein monumentaler Zahlenstock, in der Fahnderbilanz viel Soll und wenig Haben, eine Unbekannte der Zufall. Doll las die Berichte als Endloskrimi. Ein Spengler, zur Tatzeit ins Patria bestellt, sei verhindert gewesen, aber habe nachträglich noch Angstschweiß gespürt. Und Mary hätte auch nicht gezögert.

Jedes Leben ist dem Tod unterworfen, jeder sein Kandidat, wie im Jumbo der Entführer. Sie gingen zwischen den Sitzreihen und wählten aus, orderten über Funk Priester und Sarg, warfen die toten Geiseln auf die Rollbahn. Das Mosaische

Gebot, nicht zu töten, wird täglich übertreten, und der Mordende gleichzeitig ein Werkzeug, dienstbar dem Tod. Mary übertrifft die Repliken in der Zeitung, eine vollkommene Win, die auf ein Titelblatt gehören würde und ihre Liebhaber fände. Manchmal möchte sie Doll aus ihrem Versteck holen und mit ihr durchs Dorf flanieren und in der Krone ein Bier trinken.

Bis der Täter gefaßt sein würde, hielt sich die Zeitung an Nebenschauplätze, berichtete über die Hinterlassenschaft der Opfer und wer sie im einzelnen beerbe. Die Witwe habe früher mit den Söhnen ein großes Stadthaus bewohnt und an Zimmerherren vermietet, sich dabei ganz schön abgerackert mit dem Parkettbohnern, der Bettwäsche, dem Badezimmer, das von allen Bewohnern benutzt worden sei, zu den Drängelzeiten nach Zeitplan. Die Söhne habe man kaum gesehen, nur ihre Schattenfiguren vor dem bläulichen Licht des überlauten Fernsehers, unweit der Park, die nächtliche Szene, ein Bereich ohne die Mutter. Unterm gemeinsamen Dach ihr gemeinsames Leben, gemeinsam die Autoausflüge, Jaßrunden, gemeinsam ihre Todesstunde, ein gleicher, delphischer Tod, ungelöst auch, was die Achtzigjährige bewogen habe, drei Jahrzehnte nach dem Zweiten Weltkrieg, den gerahmten Führer über ihrem Bett zu bewahren.

Bei der Gattin gebe es am wenigsten zu rätseln, ein leises Leben als Hausfrau und Mutter, freundlich und allseits beliebt und täglich ein Telefon mit den Töchtern. Das Verhältnis zum Gatten wie es eben sei, eine Frau, die den Mann als stärker akzeptiere. Ihr Ende ein kurzer Schrekken, und keine Zeit, sich als Witwe zu erfahren, den Gatten zu betrauern, wie es sich gehöre, und womöglich ein eigenständiges Leben zu versuchen, verloren, vorbei.

Habe der Zufall in diesem Drama die Hauptrolle gespielt, wäre zu klären, auf wen es der Täter abgesehen hatte und wer ohne Stichwort auf die Mordbühne geraten sei, grundsätzlich sei ein Frauenleben dazu mehr geschaffen als ein Männerleben. Falls es sich um ein Beziehungsdelikt handle, sei nicht auszuschließen, daß ein Strichjunge oder ein betrogener Gatte zurückgeschlagen habe.

Aber Gerechtigkeit für ein gewaltsam verlorenes Leben gebe es nicht, und die Bestrafung des Täters sei lediglich ein Sühneakt für die Davongekommenen, der Beweis einer funktionierenden Justiz im Land, keiner könne sein eigenes Ende voraussehen. Die Abbildung der Opfer in der Zeitung porträtiere sie bei bester Gesundheit, ihre Ahnungslosigkeit lasse den Betrachter nachträglich schaudern. Doch würde ein neuer Maigret die Mordkommission übernehmen und die Ermittlung aus veränderter Perspektive fortführen.

Doll betastet seine Ohren, alles da oder stände es noch bevor? Ein Alb. Sie würden die Ohren ausmessen und fotografisch festhalten. Vor hundert Jahren habe es Sammelbücher mit den Abbildungen von Ohren gegeben, aber nun sind alle menschlichen Ohren im Dorf ein Fahnderobjekt, von der Ohrenform könne man auf kriminelle Neigungen schließen. Verräterische Ohren, besser unterm Kopftuch oder einer Mütze zu verstekken, bevor sie als verdächtig abgetrennt und gerichtsmedizinisch untersucht würden. Die Ohren Dolls glühen bei jeder Erregung, und das Skalpell des Fahnders trennt sie mit wenigen Schnitten durch. Er sieht sie in eine Schüssel mit anderen Ohren fallen, will sie zurückholen, retten, aber sie explodieren knallartig, ein Blutbrei.

Wach geworden, hörte Doll das Läuten, Klopfen an der Haustüre. Sie kehrten das Haus um, den Garten, fanden verschiedene Waffen und die Munition für eine Winchester, unter der Matratze die lückenlose Dokumentation der Presseberichte zum Mordfall, forderten Doll auf mitzukommen.

Ob er eine Winchester besitze?

Nein.

Aber für eine Winchester, Kaliber 38, spezial, ein 200-Grain-Bleigeschoß?

Ja.

Und er wisse, daß das identisch mit der Mordwaffe sei?

Ja.

Er habe ja die Mordnachrichten alle gesammelt?

Ja.

Ob er ein besonderes Interesse an diesem Fall habe?

Nein.

Doch sei er so was wie ein Hobby-Büchsenmacher?

Ja.

Ob er sich vielleicht erinnere, was er zur Tatzeit gemacht habe?

Nein.

Seine Mutter behaupte, daß er mit einer verletzten Hand zu Hause gewesen sein.

Ja.

Er erinnere sich also?

Nein.

Aber richtig, daß er Epileptiker und Frührentner sei?

Ja.

Aber doch zurechnungsfähig?

Ja.

Dann könne er gewiß erklären, was ihn bewogen habe, das Spezialgeschoß für eine Winchester zu besorgen?

Doll schwieg und dachte an Mary, auch der Psychiater konnte ihn nicht mehr zum Sprechen bringen.

Seine Rückkehr ins Dorf war freundlich, sogar Zündel, Feger, Win und Kloss schienen vertraulich zu grinsen. Der Totengräber Doll war freigesprochen. Das Dorfgewissen war mitentlastet, ohne das Kainsmal keine Verunsicherung im Dorf und keine Feme, denn Mord bedeutete lebenslängliche Ausgrenzung.

Zerdehnte Zeit

Eben zum Leutnant befördert, war der Fahnder für den Mordfall Patria verantwortlich, aber es war nicht sein erster Fall, auch die Zahl der Opfer belanglos, die kriminalistische Arbeit davon unabhängig, lediglich das Interesse der Öffentlichkeit größer. Der Schrecken aus dem Krähwinkel schien ins Gedächtnis gebrannt, jede neue Verhaftung löste neue Vermutungen aus, in der Zeitung nachzulesen.

Anfänglich das Mordbüro im Dorf, zwanzig und mehr Ermittler akribisch an der Arbeit, das Privatleben zu vergessen, zuversichtlich, daß die Auflösung nah sei und der rote Faden aus dem Irrgang führe, womöglich so nahe, daß sie bisher übersehen worden sei. Und regelmäßig die Fahnderberichte an die Regierung, regelmäßig ein Nachtragskredit, auch die Politiker überzeugt, daß der Großeinsatz bei diesem Kapitalverbrechen, zum Schutz der öffentlichen Sicherheit, gerechtfertigt sei. Eine der Suchaktionen konzentrierte sich auf die Käufer von Feuerpatronen Winchester, Kaliber 38, Spezial 200 Grain, die Namenlisten der Käufer wurden in jeder Waffenhandlung überprüft, ergebnislos, wenn man von den etwa dreitausend Beschießungsprotokollen, gesamthaft, absieht.

Während sich die Dossiers zwangsläufig über die Jahre vermehrten, nahm der Mitarbeiterstab des Fahnders ab, acht, fünf, zwei, ein Ermittler, war das perfekte Verbrechen geglückt? Nicht für den Fahnder, der überzeugt schien, den Kriminalfall noch vor seiner Pensionierung klären zu können.

Reporter K. hätte ihm die Sternstunde gegönnt, auch ihn habe die Mordsache nie losgelassen, seine Recherchen und Berichte bis heute griffbereit. Eine Weile habe er sich vorgestellt, darüber zu schreiben, der Fahnder in der Rolle des Sisyphos.

Nach acht Jahren die Verhaftung eines Verdächtigen im Nachbardorf, ein junger Bauer, als Kranzschütze und Waffensammler bekannt. Sein Vater habe gerade die Hühner gefüttert, als die dreißig Polizisten den Hof gestürmt, das Haus durchsucht hätten, den Fußboden aufgerissen, die Kellertreppe aufgeklopft, Heustock und Mist umgegabelt, sogar die Jauchegrube geleert, dann den Garten mit Suchgeräten abgelaufen seien und schließlich die Mutter des Verdächtigen im Rollstuhl zum Sonderkommando mitgenommen hätten, doch sei der Verdächtige Tage später wieder frei gewesen.

Man müsse sich den Fahnder vorstellen, der den ganzen Apparat in Bewegung gebracht habe und seiner Sache sicher gewesen sei, dann die Bauchlandung, wieder und wieder. Ein guter wie glückloser Fahnder. Eine weitere gesuchte Person, am Wohnort nicht abgemeldet, sei verschollen geblieben, eine Spur mehr, die im Sand verlaufen sei. Ebenso erfolglos zwei Privatdetektive, die früher als Polizisten gearbeitet hätten. Für den Fahnder kein Trost, und zunehmend seine Furcht, daß die Zeit ihm den Fall endgültig aus der Hand nehme.

Über dem Cheminée des Reporters eine Winchester, dekorativ an der weißgetünchten Wand, von der schwarzledernen Sitzgarnitur zu betrachten. Geschenk aus den Staaten zum runden Geburtstag. Seine Reporterjahre ein Kaleidoskop der Zeit, und der Tod aktueller als das Leben. Wenn einer Frau, Sohn und Bullterrier mit einem Messer töte, habe er der Zeitung für vierundzwanzig Stunden eine schöne Schlagzeile geschenkt. Der Meuchler einer bekannten Person stehe ebenso im Scheinwerfer wie sein Opfer.

»This is a story, lady«, habe ein Fotoreporter zu der Gattin des Senators K. gesagt und sich nicht abweisen lassen. Aber es müsse nicht Mord sein, es genüge schon zu wissen, daß ein Papst oder Regierender oder bekannter Künstler auf den Tod erkrankt sei, ihr langsames Sterben ein Drama auf der Weltbühne.

Der 81jährige Caudillo, von weißen Kitteln flankiert, als geheilt entlassen. Beifall und Hochrufe. Noch 476 Tage. Täglich die Zweistundenvisite des Leibarztes. Zur Belebung des Generalissimo die Klänge der Nationalhymne, nach denen er durchs Schlafzimmer marschierte. Dennoch am Verlieren, der Tod schon eingenistet. Noch 54 Tage. Der Diktator unterzeichnete fünf Hinrichtungen und zeigte sich winkend auf dem Balkon. Während seines Vorsitzes beim Ministerrat war der Herzrhythmus des Diktators mit Hilfe der Elektronik von zwölf Spezialisten über Monitor überwacht. Erste Operation. Zweite Operation. In der Öffentlichkeit wurde von Schnupfen geredet, im Arbeitszimmer der Diktator an seinem Testament. Noch 21 Tage. Täglich zwei Bulletins, dreißig Ärzte, Dauertropf, Beatmungsgerät, künstliche Niere, und sein Ende wie sein Leben, mitleidlos.

Die verformte tropfende Uhr war ein Lieblingsmotiv des Malers, und tropfenweise sein Ableben, tickerte Monate minutiös über dpa-Fernschreiber in die Redaktionen. Der 76jährige todkrank, sein berühmter Schnurrbart abrasiert, nicht abrasiert. Der bekannte Professor O. betreue mental das Künstlergenie, das sich zeitweise für eine Schnecke oder ein Reptil halte. Der Meister abgeschirmt, bewacht. Professor O. überraschend verschieden. Der Künstler habe ein kleines Pferd gezeichnet, surreal wie sein Leben, entschlossen, dem Tod noch einmal davonzureiten.

Nach zweiunddreißig Reporterjahren habe sich der pensionierte K. nicht gescheut, vor Fernsehkameras am Mordplatz aufzutreten. Ein verlassener Ort, einzige Zeugen die Büsche. Ein unfaßbarer Ort, gerade im Licht der Scheinwerfer. Die Story den höheren Einschaltquoten angepaßt, friedliche Grillszenen in grüner Kulisse, Feierabendläuten, Familienidyll. Schnitt. Das Töten heruntergeballert und die Opfer mediengerecht gestürzt, gestorben. Der pensionierte Fahnder habe sich dazu nicht bitten lassen, aber K. im Aufzeichnen der Mordgeschichte eine Chance gesehen, vielleicht späte Gerechtigkeit erhofft.

Im Rückblick eine Donquichotterie und das Gras über dem Geschehen ein wegloser Dschungel, die Fakten überwuchert, erstickt. Der Schlüssel des Gartenhäuschens verschollen geblieben, ebenso Fernglas und Mordwaffe. Die Zeichnung der Frau, die einen Mann zur Tatzeit am Haus gesehen habe, sei unleserlich geblieben, auch der Mann mit Pudel und Gewehr ein Spuk.

Auf dem Video erkenne K. sich im arglosen Reporter mit Hut und offener Windjacke, der sich gutmütig ausfragen lasse. Tage später zwei Schüsse, Warnschüsse, die seinen Hut durchlöcherten.

Kreuzweg

Er beschaute das eingezäunte Geviert als ein Fremder, die Gartenzwerge, grelle Kleckse im Kies, den Minispringbrunnen, die Bank auf einem quadratischen Steinpodest, zwei Plastikstühle als Gegenüber, Objekte unter sich, im Dialog ohne Besitzer. Er beschaute es und wurde durchs Fenster beschaut, aber schien es nicht zu bemerken, ging mit dem Touristenblick durch sein Dorf, erstieg langsam den Kirchhügel und sah die späten Glockenblumen. Ein leuchtender Tag, der Herbstbrand in den Wäldern, kalkweiß die Grabsteine im Licht, Grabtore, dahinter der Tod. Er legte die Glockenblumen auf das Grab des Onkels, vom Turm vier hallende Schläge, noch längst keine Fanfarenrufe und keine Auferstehung für den Onkel, vielleicht nie, vielleicht aber für Mary, eines Tages, Mary Win, und unversehrt, wie er sie dem Onkel beigegeben hatte, hingegen der Onkel ein Fraß der Würmer, die gelbroten Aaskäfer gepanzerte Maschinen.

Wieder das Bersten, die Detonation im Kopf, ein Feuerwerk lautloser Schläge, er sackte zwischen den Grabsteinen zu Boden. Der Tod war in diesem Jahr oft im Dorf gewesen und die neue Grabreihe fast belegt, auch die Leichenfrau lag krank, ihr Samstagsputz in der Kirche mußte ausfallen. Er hatte sich beim Sturz verletzt und wusch Gesicht und Hände am Brunnentrog, gierig nach viel Wasser, noch lieber ganz eintauchen und allmählich sich vollpumpen, bis es den Atem löscht.

Er wußte nicht mehr, wann er zum letztenmal die Kirche besucht hatte, und nicht, warum jetzt. Der Lichteinfall durch die Fenster schwirrende Speere, hinter dem samtbeigen Vorhang der Alte, hörte den dünnen Frauenstimmen zu, die in Demut und Reue, ihre läßlichen Sünden ins Priestergesicht murmelten, dann die rasche Absolution. Bald verließ der Alte das eichenhelle Kabäuschen, bekreuzigte sich und sah den einzelnen.

Ob Doll noch beichten wolle?

Eigentlich nein.

Doch habe Doll wieder den Weg in die Kirche gefunden?

Schon.

Und Dolls Mutter habe nicht umsonst gebetet.

Aber ihr gehe es nicht besonders.

Der Herrgott werde es schon richten.

Wenn der Herr Pfarrer das sage?

Der Glaube versetze Berge.

Das gehe nicht mehr in seinen Kopf.

Er wolle für Doll beten, habe ihn ja schließlich getauft.

Die Mutter hätte ihn besser nicht geboren.

Auch er sei ein Kind Gottes, er solle sich nicht versündigen.

Er? sei schon jetzt in der Hölle.

Dann sollte sich Doll aber erleichtern.

Ebenso könnte der Herr Pfarrer verlangen, daß er aus einer zerbrochenen Tasse trinken solle.

Der Herr habe schon ganz andere Wunder vollbracht, aber er strafe den Kleinmütigen.

Er fühle sich als einer, den auch Gott vergessen habe.

Sogar dem Schächer habe Jesus auf Golgatha das ewige Leben angesagt.

Was der Herr Pfarrer da sage, sei schön, aber bleibe für ihn fern, ein Wasser, das nicht naß mache, nichts erreiche ihn, als wäre er schon tot, über Jahre der Alb, und Wände, die keiner sehe, ein schmerzloses Grauen.

Er kenne Doll nicht mehr, habe ihn noch nie so reden hören, als spreche ein anderer?

Vielleicht der Teufel? Entschuldigung, aber ihm auch egal.

Doll stehe in einem Gotteshaus, und was er da sage, sei lästerlich.

Er wolle dann gehen...

Doll könne nicht wissen, daß auch er die Verfinsterung kenne...

Der Herr Pfarrer sei aber bibelfest.

Und Doll, ob er seinen Religionsunterricht ganz vergessen habe?

Etwas sei ihm schon geblieben: »Auge um Auge, Zahn um Zahn, Hand um Hand, Fuß um Fuß.«

Das Gesetz werde bei Matthäus 5 widerrufen, und schon im Dekalog laute das fünfte Gebot: »Du sollst nicht töten.«

Dann sei man selber dran.

Doll rede, als sei Krieg. Er danke täglich für den Frieden im Land.

Jeder habe sein Gewehr im Schrank.

Aber damit werde nicht jeder zum potentiellen Täter.

Eine Waffe in der Hand mache das leicht, sie verführe zum Abdrücken.

Ob Doll seine Anfechtungen beschreiben könne, hier sei der rechte Ort, zwischen Beichtstuhl und Kanzel. Die jahrhundertealten Mauern hätten alle Predigten und Bekenntnisse aufgesogen, und manchmal stehe er auf der Kanzel und werde von Worten behelligt, die sich in den Falten des silbernen Vorhangs verborgen hielten, eine Anfechtung, denn er gerate dabei aus dem Konzept, was seinem lieben Kaplan nicht entgehe, egal, Doll sei dran, ihm laste doch etwas schwer auf der Seele?

So kompliziert sei es nicht, eigentlich sei alles gesagt.

Er habe verstanden, daß Doll in einer Bedrängnis, Angst sei?

Es knalle ihm lediglich der Kopf entzwei.

Seine Krankheit sei eine Heimsuchung, aber Gott liebe, den er prüfe, so stehe es schon im Buch Hiob geschrieben.

Dann lieber gleich den Fangschuß.

Doll solle sich nicht versündigen, es gebe nur einen, der über Leben und Tod befinde.

Der Herr Pfarrer habe kein Gewehr im Schrank?

Ein unnötiges Werkzeug.

Ein Ballermann.

Es brauche eine Hand, die ihn führe, einen Kopf, der morden wolle, und jeder wisse, daß Mord ein Verbrechen, eine Todsünde sei.

Er sei aber das Werkzeug, sagte Doll, das habe er jetzt verstanden.

Ein Werkzeug Gottes...

Ein Werkzeug von Mary.

Er wisse von keiner Mary im Dorf, ob sie eine Fremde sei?

Doll habe sie auf dem Schrottplatz gefunden und nach Hause genommen, aber damals nicht gewußt, daß sie etwas Besonderes sei, habe sie Maria genannt und ganz zerlegt, alles an ihr ramponiert, der Lauf hinüber, eigentlich hoffnungslos. Aber ihm habe das gepaßt, und er habe Monate mit dem Restaurieren von Maria zugebracht, jede freie Minute, ohne Neugier, was daraus werde. Und höre er sich jetzt reden, möchte er zurück, in die Tage und Nächte im Keller, die kaputte Maria vor sich, Maria, aus der Mary geworden sei, Mary Win, eine Original Winchester. Ein Traum, Herr Pfarrer, eine Traumbüchse, der jeder ansehe, daß sie ins Schwarze treffe, wie magisch, verhext, spannen, treffen, spannen, treffen, spannen, jedesmal der rauhe Knall, der ihn wieder und wieder überrolle, einfach mitreiße, nichts zu machen, wer Mary verfallen sei, umarme den Tod, und vielleicht schon geschehen, vorbei, ein unseliger Tod, solange es so weitergehe, unerlöst von allem Übel. Er höre sich reden und wisse nicht mehr, wer da jetzt rede, könne es nicht stoppen, als rede ein anderer und Mary müßte ihn zum Schweigen bringen. Aber Mary sei eben nicht da, und ohne die Win stehe er an der Wand und Karo, der Niederreißer, am Drücker, wie damals, als die Hatz angefangen habe, ein Hin und Her, ein Angstlauf, sagte Doll, und dabei den Job eingebüßt. Endlich dann Mary und aus, Karo am Boden und so fort, alle reihum, die Win eine Giermaschine, präzis und tödlich, und nicht müde, nicht satt, hätte sie noch lange ballern können, eine Siegerin, und keiner wisse von ihr, das bleibe sein Geheimnis, er würde sich lieber totschlagen lassen, als Mary zu verraten.

Seither viel Zeit verstrichen, eine Masse, ein Meer, aber nichts verjährt und begraben. In der Zeitung von gestern könne man von einem Maniac lesen, der drei Mädchen erdrosselt habe, wie aber weiter, er hätte sich besser gleich selbst erdrosselt, die unter der Erde seien lebendiger als die Lebenden. Vielleicht wisse der Herr Pfarrer, wohin es die Toten ziehe und ob die gewaltsam ums Leben Gekommenen zurückkehrten, ihr Leben einzuklagen, und ihre Schatten den Täter strangulierten? Er fürchte sich vor diesen Untoten, fühle sich von ihnen eingekesselt, wie betäubt, und das Leben eine Luftspiegelung, er wolle es greifen und es weiche zurück, verliere sich, löse sich auf, ein Alb ohne Erwachen. Wenn dann noch die Glocken zu schlagen begännen, möchte er den Kirchhügel stürmen, den Glokkenturm und sich von ganz oben in den Friedhofsacker werfen, sich für Sekunden wachleben, ein freier Fall und die Hölle vorbei.

Der Alte in Chorrock und Soutane schien aus gemeißeltem Stein, Augen, Haut, Haare gleichmäßig steinfarben, seine Hände, überm Bauch ineinandergelegt, schienen die Figur zu festigen. Im Rücken die graublau gemaserte Kanzel mit der Taube, nahe Kulisse und Schutz, tiefer im Kirchenschiff der Hochaltar, die Lampe mit dem Ewigen Licht. Der Tag matt geworden. Doll oder der Riese, der wie Doll aussah, sein Gegenüber. Wenige Schritte weit. Die heftigen Worte verhallt, von den Wänden eingesogen, ins Gedächtnis eingeschrieben und wie auszulegen, als chaotisch, verrückt, wahr? Der Alte wußte es nicht. Wie er Doll da stehen sah, schien er wie immer, wortlos am Warten, und kein Lebenslaut von draußen, kein Mensch, der in die Kirche kam, das normale Leben abgeblockt, nur der Alte und Doll und die Ungeheuerlichkeit Mary. Ein Hurrikan, sinnlos am Wegfegen, Verwüsten, falls Mary keine Einbildung war, keine Totengräberausgeburt, und mit der Winchester identisch, der Mordwaffe, der Bluttat von damals im Gartenhaus. Er erinnerte sich der Totenglocken und der Verwirrung im Dorf, an den Pfingstsonntag, der vom Blut der Opfer gefärbt war. Wäre sein Täufling, sein braver Ministrant ein Ungeheuer, Unmensch, der Totengräber vom Dorf ein Todesengel, Töter? Ein Verbrecher oder ein Kranker, von der Krankheit gepackt, beim Gräberausheben wirr geworden, wäre ein dunkler Geist über ihn gekommen, aus dem Erdschoß, dem Teufelsschoß, der vagina dentata? Der Mensch ein fehlbares, fehlerhaftes Geschöpf, ein Fehler der Schöpfung, Gott wolle ihm nachsehen, was er in seinem Haus zusammendachte, vielleicht die Eingebung des Teufels, eine Versuchung, Doll der Versucher?

Etwas wie Furcht kroch ihn an, als müßte er gleich sein Leben, seinen Glauben verraten, er schämte sich des Anfalls von Schwäche und wünschte sich zum erstenmal den Kaplan an seine Seite, um es gleich zu verwerfen. Der Kaplan war keiner vom Dorf und nicht abzusehen, wie er reagieren würde, seine Predigten gaben mehr Rätsel auf als Sicherheit und Trost. Jeder und jede habe schon mal einen Scheiterhaufen geschichtet, eine Grube gegraben und jemandes

Wasser abgeleitet, den Stein in einen fremden Garten geworfen, mit dem Beil seine Frau, ihren Mann erschlagen, habe gestohlen, betrogen, vergewaltigt, den Nächsten verkauft, habe die Gesetze umgebogen, ohne entlarvt zu werden, so geschickt und deshalb geachtet, ein achtbarer Bürger. Jeder werde zum Täter oder sei kein Mensch, sondern ein Phantom, eine Überlebensphantasie. Seine Vorstellung, der Mensch sei etwas, das überwunden werden solle, und der Übermensch ein wahrer Gottesmensch, eine jahrhundertealte wie vergebliche Idee, denn der Trieb, die Gier, das Mordhirn seien stärker als Geist oder Seele.

Die Dämmerung verwischte die beiden Gesichter, besänftigte die beklemmende Stille, die Konturen gedämpft, am Verfließen, dennoch ihre Anwesenheit gegenseitig spürbar. In den gleichen Schrecken geworfen, eingeschwärzt, ein Karfreitag ohne Auferstehung für den Alten. Er fühlte sich gottverlassen, von Gott verlassen, der taub schien für sein Stoßgebet, der Tod jetzt eine Erlösung, Doll könnte zuschlagen, und der Alte würde es zulassen, ahnte das Ausmaß von Dolls Unglück und fühlte sich ohnmächtig.

Doll wartete reglos.

Aber der Alte war kein Arzt, kein Polizist, er würde ihn nirgendhin ausliefern, falls er der Gesuchte war. »Wer seine Missetat bekennt und läßt, der wird Barmherzigkeit erlangen.« Der Alte am Leiden, Mitleiden an der Verdammnis von Doll, mehr Sühne gab es nicht, wer tot war, würde tot bleiben und eines Tages von den Posaunen des Jüngsten Gerichts auferweckt werden.

Doll erschrak ob der hallenden Stimme des Alten, der plötzlich sagte, daß er für Doll beten wolle, ihm den Segen erteilte und ihn damit entließ.

Wintern

Zwischen den kahlgewordenen Ästen hing ein gelber Apfel, der Zeit entkommen und nun bald gefrostet, aber es durfte sie nicht kümmern, solange der Atem schmerzte, den Körper wund stach, war sie nur noch Körper, ein begrenzter Körperort, und es fiel nicht schwer, ruhig zu liegen und in ihre gelebte und ungelebte Zeit zu tauchen, den Winterbaum im Blick, seine dunklen Astfinger in den milchigen Himmel gekrallt.

Ein Bild ohne Ton, auch das war ihr zunehmend vertraut, zu sehen, aber nichts zu hören oder nur Wortfetzen, aus denen sich nichts Ganzes mehr bilden ließ, als würde sie die Sprache ihres Landes nicht beherrschen. Die Klangstücke für sie verschiedenfarbige Scherben, nichts zusammenzukleistern, aber das Sehen war ihr wichtiger als das Hören und das Bild ohne Ton kein stummes Bild, es produzierte eigenen Sinn, den sie zu hören meinte. Wenn sie die Bewegungen der Hände sah oder die Mimik auf den Gesichtern und die Haltung der Körper, vermißte sie keine Stimmen, es schien ihr das bessere Leben ohne die Wortsalven, das Geplänkel, Wortgedonner, das sie überrollt hatte, die endlosen Zerstreutheiten, Wiederkäuersätze, die sie belegten, daß sie im Wortmüll steckenblieb, zu ersticken meinte. Der Hörapparat auf dem Nachttisch war ein letzter kurzer

Rückfall in eine alte Sehnsucht gewesen, zu verstehen und verstanden zu werden, aber sie mußte es eine Sonntagsmesse lang abbüßen, schmerzgrell verzerrte Töne, die an Schweine vor dem Abstechen denken ließen und stahlhell zustießen, in die Gehörgänge drangen und sie zu perforieren schienen.

Seitdem ging sie in die Stille Messe, bis die Krankheit kam und sie im Hause hielt, aber kein Unglück, nichts tragisch dabei, sie nahm es wie den Wechsel der Jahreszeiten oder das Altern zum Tod. Sie hätte nichts dagegen, würde sich die Zimmertür öffnen und Er sie berühren, glaubt seine Gesichter zu kennen, und vielleicht macht Er es gnädig bei einer alten Totenfrau und läßt sie ins Ende erzählen, Er wäre der einzige, der zuhören kann und beim Stundenschlag seine Zensur. Auserzählt. Er hätte das Pendel unmerklich zum Stehen gebracht. Noch ließ Er sie warten und holte sich jüngere Leben, die sie dauerten und ihr noch lange nicht ausgelotet schienen, aber der Verstand griff da nicht, wenn es um letzte Geheimnisse ging, fiel er durch. Vielleicht käme ihr Tod als Frau in hellen Kleidern, stände am Bettende und wäre schöner als das Leben. Endlich, würde sie sagen, und ein Glück spüren, ein Lustgefühl, eine Tränenlust, würde vergessen können, loslassen, von der Lebenspflicht erlöst.

Doll würde ein tiefes Grab ausheben, das hat sie sich ausgebeten, schon lang alles geordnet. Auch das Wohnrecht des Sohnes war verbrieft, aber zuwenig, nichts, wenn sie an sein glückloses Leben mit der Krankheit dachte, fühlte sie sich belastet und ebenso machtlos. In der Rangordnung kam der invalide Mensch nach dem alten Menschen, so hatte sie es erfahren, und vielleicht war der Mensch an sich unwert und das Beste an ihm seine Endlichkeit. Die Zeit versöhnte, schien auszugleichen, entwertete alles, den gelben Apfel am Winterbaum wie ihre namenlose Furcht, die sie versiegelt hielt, sich nicht erlaubte, eingestand, wenn sie Doll vor sich sah.

Sie träumte, es sei Sommer und ein heißer Tag, Doll verließ das Haus, um sich am Brunnen zu erfrischen, tauchte mit beiden Armen ins Wasser, das klebrig war und braunrot wie geronnenes Blut. Der Alptraum wiederholte sich, und sie mied den Brunnen am Tag, als könnte es sich bewahrheiten.

Seit der Krankheit meinte sie besser zu leben oder richtiger? Als würde die Krankheit sie vor der Verschwendung ihrer Kraft und ihrer Zeit bewahren, ihr nichts mehr aus den Händen laufen, entgleiten können, verloren sein. Es war wunderruhig um sie, ein gläserner Dom der Stille, ein Andachtsraum ihrer Gedanken, und es war lautlos in ihr. Sie sehnte sich nicht mehr nach einer liebevollen Hand, dem Taschentuch, das ihre Tränen trocknen würde, nach einer Praline auf ihrem Kopfkissen. Kein Bedauern, kein Hadern, still geworden, still, bereit für das letzte Geheimnis im Leben.

Von Lebensbedrohung, redete der Arzt, einer doppelten Lungenentzündung, und daß er sie ins Krankenhaus einweisen müsse. Sie weigerte sich und besiegelte ihre Weigerung mit einer Unterschrift. Er nahm den Zettel an sich und hinterließ ein Medikamentendepot, das sie verräumte. Es schien ihr nicht sündhaft und nicht mörderisch, der Krankheit eine angemessene Zeit zu geben, ihrem Körper oder ihrer Person, die ohne Körper nicht vorhanden war. Oder nur im Gedächtnis weniger Menschen, kein Nachruf würde sie erreichen, die Erinnerungen sich verformen mit der Zeit, ihre Person dahinter verschwinden. Ein ganz normales Erlöschen eines lautlosen Daseins. Sie träumte von einem pfadlosen Feld, unübersehbar weit lag es vor ihr, aber sie wagte es nicht zu betreten, egal, nur ein Traum und nach dem Erwachen weg. Dafür der Tod eine Wirklichkeit. Sie stellte sich einen Transit vor, einen Durchgang, ihre Person müßte zurückbleiben. Beim Grenzwechsel ginge sie ihres Lebensgedächtnisses, ihres altvertrauten Gesichts verlustig, und sie fürchtete sich bei dem Gedanken, ein Gespinst, vielleicht ein Luftfaden ins Nirgendwo. Vielleicht der letzte Atem und nichts, gar nichts weiter, weder Himmel noch Hölle und die Seele zwei Gramm schwer, wenn sie den Körper verläßt, eine arme vergessene Seele. Keine Erlösung, nichts, ein Sturz in die Dunkelheit, in den

Zustand vor der Erschaffung der Erde. Eine schwere Sünde, für eine Katholikin, so hinauszudenken, statt zu glauben, aber der, dem sie vertraute, war barmherziger als seine Kirche, und vielleicht war das Leben an sich schon göttlich, sogar ihr kleines namenloses Leben ergäbe schließlich einen Sinn, vielleicht war sie lediglich zu dumm, das ganz zu begreifen. Aber sie hatte angenommen, was kam, hätte nur gern Doll von seinem Unglück erlöst, als dunkle Wand zwischen ihnen, wie Granit oder Eisen für sie, eine Drohung, eine Gewalt. Er konnte nichts dafür, daß sie ihn geboren hatte, und konnte nichts für seine Krankheit, aber manche, schien ihr, fielen in die Kälte. Sie hatte ihn gut gepflegt und großgezogen, aber das war nichts, wieder ihr Schuldgefühl, als sei sie durch eine Prüfung gefallen, obwohl sie meinte, alles gelöst zu haben. Warum quälte es sie? Er war erwachsen und für sich verantwortlich, sein Leben unabhängig von ihrem, und ein Elend, daß er bei der Mutter hausen mußte. Seine Seele war am Hungern, nicht nur die Seele, und man erkaltet dabei.

Vielleicht war der Todesengel ja blind und übersähe sie weiter, dann würde sie diesen Dezember eine Tanne ins Zimmer holen, mit roten Äpfeln und vielen Kerzen versehen, vielleicht würde das samtene Licht die Gespenster besänftigen und Friede werden, jener Stern über ihrem Haus stehen, diamantenhell.

Wirrwege

Tanzen konnte er nicht, hatte es nie versucht, sich nichts ertanzt, und nicht mal unmusikalisch, aber von Kopf bis Fuß blockiert, wer kann schon in Steinschuhen tanzen? Die Sonne kaltweiß überm Dorf, seinen Postkartenhügeln, Frostglanz auf den Dächern, der Miststock am Dampfen, normal im Winter, dem Monat der Fastnachtsumzüge, des Fastnachtsspuks. Aus dem Schaufenster des Lebensmittelladens grinsen zahnlose Larven von bunten Luftschlangen umringelt, zwischen Mariä Lichtmeß und Aschermittwoch grellustig die Narrentage. Menschengroße Puppen baumeln am Winterast, scheinen am Dachfirst zu turnen, den Hofeingang zu hüten, bereit, die Wintergeister zu schocken, vielleicht auch die Fremden, die Riesenschuhe vor manchen Häusern fordern zum Gehen auf und könnten, was nicht dazugehört, über die Hügel, die Grenzen hetzen. Aber besser, verjagt zu werden, als lebenslänglich in der Enge zu stecken, zwischen Häusern, Menschen, den Hügeln, und sich als Eingeborener fremd zu fühlen.

Und schon lange kein Begräbnis mehr für Doll. Zum Geburtstag der Mutter waren die letzten Kaninchen zu schlachten gewesen, seitdem standen die Stalltüren offen, die gesäuberten Boxen wie leere Särge. Doll vermißte die Tiere, aber war erleichtert, keines mehr töten zu müssen, auch wenn es ganz rasch ging mit Mary.

Er hatte sie zurückgeholt, ausgegraben, noch im alten Jahr, und schön was abgebüßt, Föhnböen in dieser Nacht, die gegen die Häuser preschten, vielstimmig das Poltern, Seufzen, Heulen, als wäre ein Luftheer unterwegs, unheimlich auf dem Kirchhügel, dem Kirchhof, aber die Gier nach Mary war stärker als seine Furcht, und er begann planmäßig das Grab seines Onkels zu öffnen, wie schon oft in Gedanken durchgespielt, unruhig, ob sie es gut überstanden habe, und in Vorfreude sie wiederzuhaben, zu halten und gegen die Welt zu verteidigen. Er wußte, wo er zu graben hatte, spürte den Schweiß von der Anstrengung, oder war es Angst?, arbeitete sich im Lichtkreis seiner Stirnlampe tiefer. Ein Lichtkanal in die Finsternis, wie es schien, eine Ewigkeit lang zu graben, und seine Hölle vielleicht, erzhart das Pochen im Körper, bedrohlich laut in den Schlaf der Toten, würde sie stören, wachpochen und sie würden über den Eindringling herfallen, ihn entseelen, die Körperlosen sind nicht harmlos. Der Föhnsturm verstärkte sich, ein Aufruhr ihrer Stimmen, fürchtete Doll, und roch den Todeshauch, endlich Moderholz und der Onkel oder was vom Onkel geblieben war, daneben Mary. Er legte sie an den Grubenrand, gab den Spaten dazu und zog sich hoch, aber eine Böenwelle drückte ihn zurück, weg von Mary, ein Augenblick des Grauens für Doll, von seiner Wut verdrängt, er stemmte sich wieder nach oben und schaufelte wild die Erde zurück, während es kindlich aus ihm weinte, ihn tränenblind machte.

Wenn Doll an Mary dachte, die seither unter seiner Matratze lag, sorgsam geputzt und einsatzbereit, war ihm wohl. Und eines Tages, vielleicht, Amerika, Las Vegas, und mit Mary zur größten Shotshow der Welt, abheben und weg, nicht mehr herumtümpeln, weit weg, Mary in Sicherheit. Manchmal die Blicke, als habe er grüne Haare oder laufe nackt durchs Dorf, und gleich seine heißroten Ohren. Oft nahm er sein Moped und fuhr die alten Wirrwege, streunte beliebig, zwischen den strenggrauen Winterstämmen das Licht der wachsenden Tage, unaufhaltsames Fluten, die Mutter darüber achtzig geworden, die Kaninchen verspeist und mit den Kaninchen alle Geburtstagsübungen gestorben, vielleicht zu vergessen, daß er geboren war. Dennoch war er am Leben und konnte sich irgendwo, an einem verlassenen Grillplatz, eine Wurst braten, der Fettsaft zischte in der Glut, und der aufkommende Rauch verdampfte in der gläsernen Weite, beim Schlingen verbrannte er sich den Mund und jäh sein Gefühl, belauert zu werden. Gleich würde ihn der Stockschlag von Karo treffen, vorsichtig sah er sich um. Am Waldrand ein Rotfuchs, am Ort erstarrt, wie ausgestopft, ein schönes Ziel für Mary, und es erleichterte ihn, daß sie nicht dabei war, sie hätte das Fuchsgesicht zwischen den Lichtern getroffen. Im gleichen Waldstück war unlängst von einem Waldarbeiter die Leiche eines Neugeborenen gefunden worden, die angefressen in einer Höhle gelegen habe. Doll löschte das Feuer, der Fuchs schon weggetaucht.

Aber er kam zurück, war ein Raubtier geworden, ein Alptraum in Farbe. Als Arena der Steinbruch, gegen die Straße offen, gelblich gemaserter Kalkstein, der mit Hilfe von Förderbändern in die Lastwagen transportiert wurde, eine Bauhütte am Rand, keine Menschen, die Förderbänder liefen leer. Doll rätselte, was er da sollte, und sah, daß der Steinbruch lautlos zusammenwuchs, ihn einschloß, während er den Tieratem spürte, ihr Kampf begann, ein rotfüchsiges Tier mit einer Schußwunde zwischen den Lichtern.

Tag wie Nacht, er fühlte sich beobachtet, kontrolliert, ausgeliefert, kein Platz mehr im Alltag für Doll, nichts zu beeinflussen, nur abzuspulen und zu vergehen, Sterne und Hügel schwiegen, egal ob er existierte oder nicht.

Der Rußige Freitag, die Fastnacht ging dem Aschermittwoch zu. Die alten Frauen würden auf den Kirchhügel pilgern und sich im Glanz der Kristallüster vom Alten die Asche aufs Haupt streuen lassen. Aber noch dekorierten die Menschenpuppen und Masken das Dorfbild, prächtig und leblos wie eine aufgeräumte gute Stube für Doll. Ein Schwarm Kinder stürmte aus der Schule und umringte ihn mit rußgefärbten Gesichtern, ein wehrloser Riesenkerl, ein Spielverderber, den die Kinder rasch freigaben. Er stand mit zitternden Knien, ein Jämmerling, ein Kinderspott, wie er glaubte, und wußte nicht mehr, in welche Richtung es gehen sollte, ging, ein hexischer Ort und zwölf Schläge, das Zwölfuhrläuten vom Kirchtum. Schon am Morgen hatte die Mutter den Hefeteig für die Fastnachtsküchlein besonders blasig geschlagen, würde sie vorsichtig ins Schmalzbad geben und knusprig bräunen, das Gebäck mit vanillegemischtem Zucker bestreuen, wie jeden Rußigen Freitag, köstlich der getürmte Berg aus Gebackenem, zartgelb die Mitte, ein gewölbter dunkler Rand, sie würde am Tisch sitzen, den Mittag absitzen, sich taubhorchen vielleicht.

Doll schob die Tür in den alten Speisesaal des Hotels Dreikönig auf, an einem der Holztische wurde gerade aus einer Suppenterrine geschöpft, es erinnerte ihn an die Mutter. Fremdarbeiter in organgefarbenen Overalls feierten ihren Mittag und ließen sich von einer freundlichen Wirtin verwöhnen. Ein hoher Raum, seine Gastinseln durch Stellagen mit Grünpflanzen unterteilt, behaglicher Vorläufer der Großraumbüros. Der Palmgarten an der Längswand wucherte ohne Bleistiftplanung aus Kübeln, Trögen, dem Paradeleiterwagen, die bäuerlichen Gerätschaften ein musealer Wanddekor, der Schweiß getrocknet. In der umgrünten Ecke die plätschernde Miniaturfontäne und über allem der zeitgemäße

Bildschirm. Doll war nicht zum Essen gekommen, aber beneidete die Arbeiter an ihrem Familientisch, eine verschworene Gesellschaft, die kaum aufsah, obgleich die Eintretende hier auffallen mußte. Das lange lilagefärbte Haar unter dem dunklen Männerhut, einen schwarzen Neufundländer neben sich, durchquerte sie den Saal bis zur Fensterfront, bevor sie sich setzte ihr Blick auf eine breite Terrasse mit Eisengeländer, zerbrechlich alt. Die Wirtin umsorgte ihren neuen Gast, die Arbeiter am Kartenspielen. Doll ging zum Zigarettenautomaten, ein Schrank aus Holz mit Kugelfüßen, und bediente sich, ein Gelegenheitsraucher, der sich die Zündhölzer von der Theke holen mußte. Die Lilafrau schob den halbleeren Teller von sich und stellte die Musikbox an, über der ein gerahmtes Bild vom Schützenfest hing, auf dem die Wirtin zu erkennen war. Sie betrachtete das Foto, angestrengt, als wäre sie kurzsichtig, ging dann zu Doll und fragte, ob sie eine Zigarette haben könne. Erstaunt überließ er ihr das Päckchen, aus dem sie mit grüngelackten Nägeln eine Zigarette zog. Sie warf das Päckchen auf den Tisch, entzündete mit dem Feuerzeug ihre Zigarette und entfernte sich.

Vermutlich grüne Augen und ein lilaroter Mund, er war nicht sicher, nur, daß ihr Hund ihn angeknurrt hatte. Doll stand vor dem Dreikönig, auf seinen Wintertürmen die Tauben, saßen wie Ausstellungsstücke, unweit im hohen Geäst eine Ansammlung von Raben, Bewegung und Krächzen. Er ging die Autostraße dorfaus, ein ständig fließender Verkehr, und die am Steuer kannten ihr Tagesziel. Keine Unsicherheit, kein Ausscheren, schön an der Linie, dem Limit, ein geordnetes Leben, weiblich oder männlich, ein Ordnungsleben. Sein Gehen war mechanisch und ohne Absicht.

Hinter ihm ein Dröhnen, Aufjaulen, das ihn zwang, sich umzusehen, die Maschinen schon nahe, rasten auf ihn zu, er stand bewegungslos, zwei rote Helme, zwei Rußgesichter, mit einem knappen Schwenker an Doll vorbeigezogen und er dazwischen, gleichgültig, ohne Zeit für die Angst, vielleicht enttäuscht, daß nichts passiert war, nur ein Manöver, ein Spiel, und Doll dabei überholt worden. Er hätte die Fahrer zu Fall bringen sollen, einfach die Arme ausbreiten und sie in seine Arme laufen lassen, es hätte ihn nach hinten gerissen, aber es hätte sich gelohnt, er sah die Körper stürzen, die Maschinen in der Fliehkraft wegdrehen, es hätte sich gelohnt. Der Gedanke hatte Doll vorangetrieben, in seinen Ohren noch immer das Heulen der Motoren, als wäre die Szene noch nicht abgespielt, wären die Rollen noch nicht verteilt, es kam näher, Doll lief darauf zu, hinein.

Der Steinbruch eine gewaltige kohlendunkle Halde mit Terrassen und breiter Sohle, nahe am Abgrund eine Reihe hochstämmiger Baumschatten, Verurteilte, deren Hinrichtung beschlossen war. Im Kessel die kreisenden Motorräder, Lärmsog und Gestank, ihre rothelmigen Meister an der Kür. Schleifen, Springen, Positionenwechsel, ein Schaurennen ohne Publikum, ein Wettkampf um den ersten Platz, der sich steigerte, an Steilwandfahrer denken ließ, die ihre Maschinen langsam höher schraubten.

Doll ein ungeduldiger Beobachter, der sie endlich stürzen sehen wollte, fliegen, fallen, rollen, aufschlagen auf dunklem Grund, ihre Maschinen das Feuerwerk zum Untergang. Wahnwitzig, daß die Steinhalde nicht unter den Rädern wegrollte, sie mitriß, begrub, Mary hätte das besser gelöst, in die Reifen geschossen oder die Ledermonturen durchlöchert, präzis und sauber, Mary war verläßlich beim tödlichen Spiel. Der Motorenlärm füllte seinen Kopf, ein Schmerz, Sprengschmerz, der ihn umriß, aus der Zeit warf und seine Unrast löschte. Es war totenruhig, als er sich wiederfand, langsam zu Leben kam, sich langsam hochzog und die Gegend erkannte.

Maskentreiben

Er habe lange geschlafen, diesen Samstag, zu lange für die Mutter, in den Mittag hinein oder länger, hätte ihn das Zwölfuhrläuten nicht geweckt, habe mehrere Fastnachtsküchlein aus der Küche geholt und sei in den Werkstattkeller, habe aber unbemerkt das Haus verlassen, sei verschwunden diesen Tag und von keinem, der ihn kannte, noch gesehen worden.

Eine Spur von Doll führe zur neuen Großkaliberschießanlage, bei der mit einer Winchester Kaliber 38 in die Kugelfänge geschossen worden sei. Für das zerstörte Transparent mit dem Slogan »Können Sie schießen, treffen Sie Freunde« sei vermutlich eine andere Täterschaft verantwortlich, identisch mit den Vandalen, die gleichentags die Fassade des Schützenhauses besprayten, Totenköpfe, aus denen Worte wuchern würden wie Quecksilber, Blei, Kupfer, Antimon oder einfach Gift.

Aber es sei vorstellbar, daß Doll ungesehen gegen Mitternacht ins Dorf zurückgekommen sei und der Fastnachtspuppe am Gemeindehaus Hut, Kittel und Larve entwendet habe, dann zum Cowboyball im Saal des Gasthofs Krone gegangen sei. Jedenfalls unversehens am Rand des Tanzgetümmels ein massiger Cowboy im zu knappen Kittel, ein Komiker, der mit einem Fernglas die Tanzenden gemustert habe, sein Schießeisen in der Hülle geschultert, eine Attrappe, womöglich der ganze Kerl, abgestellt, vergessen worden. Doch habe er sich dann bewegt, langsam am Ort zu drehen begonnen, das Schießeisen als Tanzdame im Arm, während das Licht im Saal gewechselt habe, rotgelbblau, den Regenbogen raufrunter gespielt, von den Musikern aufgenommen, bombige Stimmung.

Eine Frau habe sich von ihrem Tänzer gelöst und tanzend auf den Cowboy zubewegt, in die Hände geklatscht und ihn zum Tanzen animiert. Es habe nach einem Endloswalzer zu dritt ausgesehen, der Mann, die Frau mit lila Haaren, dazwischen das Gewehr, auch nach einem Konflikt, mit dem enttäuschten Begleiter, aber der Auftritt des Bauchredners habe abgelenkt, die Episode abgebrochen, dabei kaum einer auf den Cowboy geachtet, der die Waffe aus der Hülle genommen und durchgeladen habe.

Der Entertainer auf dem Podium habe mit Lola, seiner Puppe, über das Dorf geflachst, dabei sei auch das Stichwort Wilder Westen gefallen, auf das die Puppe, pepitagemustert, in ein verrücktes Gelächter gefallen sei und in Richtung des Cowboys gezeigt habe. Es sei ansteckend gewesen, habe sich über die Tische fortgesetzt, die Köpfe drehen lassen.

An der Wand der Maskierte habe sein Ziel anvisiert, das Lachen im Saal noch am Rieseln, habe er der Puppe den Hut vom Kopf geschossen, nachgeladen und auf den Entertainer angelegt, der in Angst seine Hände mit Lola hochgehalten habe. Die Zuschauer seien seltsam leblos geworden, als könne man nur tot diese Wildwestszene überleben, Statisten in Kostümkopien der Zeit oder was sie sich via Western darunter vorgestellt hätten. Sheriffsterne, Spielzeugcolts, Viehtreiberhüte oder Rüschenröcke aus dem Kostümverleih, ein bunttrauriges Bild, in das ein Schuß gefallen sei, das Schweigen zerrissen habe.

Mary hatte zwischen die Augen gezielt, aber nicht getroffen, die Lilafrau war ihr zuvorgekommen, ein Rempler in die linke Seite überraschte den Maskierten, die Kugel als Irrläufer in der Wand, der Entertainer dennoch am Boden und Lola weggeschleudert. Schneller als der Verstand begreifen konnte, war die Lilafrau an der Tür, der Maskierte ihr Verfolger, dahinter die erregte Meute, drängte polternd die Treppe hinunter nach draußen. Frauen wie Männer auf der nächtlichen Hatz, im Schaufenster der Gemischtwarenhandlung die grinsenden Larven. Auf der Dorfstraße eine langgezogene Schar, die hügelwärts hastete, was für ein Tanz, die Vorhut näherte sich dem Gejagten. Er drehte sich und schoß, legte seine Verfolger kurzfristig flach. Aber sie würden aufholen, die Jagd nicht aufgeben, dampfend und schnaubend näher kommen, ihre Schneehufe über ihn wegdonnern. Er hatte sie gereizt, bedroht, tödlich bedroht, ein Wahnsinniger, die Lilafrau in seinem Schußbereich, auch die Verfolger legten zu, zunehmend ihre Wut, Jagdgier, als wäre da eine Schweißspur, würde der Wilde schon Blut schwitzen, ahnen, was ihm bevorstand. Eine besondere, außerordentliche Nacht, die in der Chronik des Dorfes, in den Köpfen der Beteiligten rot eingebrannt verbliebe, ein guter Läufer dieser Wilde, eine Lust ihn zu jagen und zur Strecke zu bringen, je länger, je mehr. Er stoppte und sah den Rohbau, die Lilafrau war schon weggetaucht, schoß in die Richtung seiner Verfolger und lief in die Baustelle.

Atem, Atemstöße, die sie unterdrückte, die er hören konnte, er ahnte, daß die Frau auch sein Atmen durch die Larve vernahm, er hörte hin und wurde ruhig, beinah schläfrig oder glücklich? Auch ihr Atem schien ruhiger, gleichmäßig, ein Lebensstrom zu ihm, zu ihr, die Dunkelheit transparent geworden, beider Körperumrisse abgezeichnet, erkennbar, aber die Angst gelöst, weggeatmet, ein Mondstreifen fiel schräg durchs Fensterloch, sterbensschön. Von draußen keine Geräusche, kein Laut, von seinen Verfolgern nichts zu bemerken.

Vorsichtig verließ er sein Versteck, der Mondstreifen war kaum gewachsen. Noch im Schatten der Mauern traf ihn der erste Ziegel, ein zweiter, dritter, die Bombardierung kam rascher als sein Schmerz, er taumelte endlich und stürzte, war es gewohnt. Hinter der Larve das Blut, lief klebrig über die Augen, sickerte warmrot aus Nase und Mund, er lag mit Mary und sah sich mit der Lilafrau auf einem Schimmel weggaloppieren, hörte nicht das gläserne Kratzen der Ziegel, die sich auf seinem Körper häuften, und nicht das Drohgeschrei der Sieger.

Der Besuch

Er sei erleichtert, daß der Fahnder sein Kommen nicht abgelehnt habe, sagte Reporter K., und es habe sich auch kaum was geändert, nur, daß sie älter geworden seien, aber Reporter oder Fahnder, man bleibe, was man sei, könne als Ex nicht einfach das Gedächtnis ablegen, und diese Steinigung des Dörflers gehe sie etwas an, da habe sogar seine Zeitung geschaltet, ihn im Dorf recherchieren lassen, ganz privat sei er in die Krone, alles noch wie zu seiner Zeit, und er habe sich die Steckschüsse im Saal, dem Saloon angesehen, für ihn keine Frage, daß es sich um die gesuchte Winchester vom Fall Patria handle, auch wenn sich die Ermittler bedeckt hielten und die Dorfbewohner wieder ahnungslos spielten, keiner dazu etwas sagen wolle, als könne ihr Schweigen die Tat löschen, aber alles sei wieder präsent, als wäre es gestern geschehen.

Der Fall habe sein Berufsleben vergällt, sagte der Fahnder, wozu sich daran erinnern, sollten sich jetzt andere die Zähne ausbeißen. Das Dorf sei eine Festung, nicht zu nehmen, unabhängig von inneren Fehden, einig gegen seine Belagerer, immer maskiert und vereint im Stolz der Bewohner, daß hier alles zum besten stehe, sich weiter entwickle, mehr Museum, mehr Vereine, mehr Häuser, mehr Steuerzahler, mehr Trallala.

Der Tote sei Außenseiter gewesen und umgekommen wie ein Tier. K. habe mit den Bauarbeitern gesprochen, die Larve am Gesicht festgefroren, ein Bluteisgemisch...

Er hole sich jetzt einen Grappa und würde es auch K. anraten, daß jemand zu Tode gesteinigt werde, sei ihm im ganzen Fahnderleben nicht untergekommen, und keiner der Täter auszumachen. Ein wilder Haufen, ein Fall von Lynchjustiz, das Urteil vorweggenommen, die Justiz einfach abgesetzt. Und womöglich noch ein Triumphgefühl, natürlich, wer die Schlacht überlebe, habe das Sagen.

Wenn er an seine Reporterjahre denke, habe es immer einen Verräter gegeben. Auch fahnde man nach einer Frau, in der Maske einer Marketenderin, sie habe lila Haare und als letzte mit dem Opfer gesprochen, oder sei es falsch, von einem Opfer zu sprechen, denn es habe doch das Ganze mit seiner Schießerei ausgelöst?

Opfer, Täter, er sei froh, darüber nicht befinden zu müssen, sagte der Fahnder, und er habe den Richter noch nie um sein Amt beneidet, denke, daß es verstrickter sei, ineinanderfließe. Vielleicht komisch, seine Idee, daß Opfer wie Täter eine Münze seien, Kopf oder Zahl und keine Seite ein Glückswurf.

Ein Fahnder müsse die Gerechtigkeit vertreten, sagte K., oder ob er vielleicht Schuld und Sühne aufheben wolle und der Bestrafung den Prozeß mache statt dem Täter?

Er habe seine Fahnderarbeit ernst genommen, ermittelt und überführt, aber jeder Kriminologe könne K. sagen, daß selbst die Todesstrafe keinen potentiellen Mörder abschrecke.

Um so wichtiger Gesetz und Ordnung, sagte K., zum Schutz des Bürgers und nicht des Täters, oder der Bürger greife eines Tages zur Selbstjustiz.

Reporter K. solle dem Fahnder verraten, wo im konkreten Fall anzusetzen sei? Unmöglich festzustellen, wer für den Todeswurf verantwortlich sei, und keinen einzigen Namen, nur Masken, keine Indizien. Man könne ja nicht das ganze Dorf auf die Anklagebank setzen.

Warum nicht, sagte K., er würde darauf wetten, daß der oder die Täter nach kurzer Zeit abgesondert ständen.

Der Reporter glaube wohl noch an ein Sippengewissen?

Jeder kenne jeden im Dorf, wisse, wie er lebe, an den Wochentagen, den Feiertagen, wie er sein Geld verdiene, in welches Bett er krieche, für ihn unverständlich, daß man morden könne, ohne überführt zu werden.

Aber K. wisse, sagte der Fahnder, daß der Fall Patria noch nicht abgeschlossen sei?

Mit der Winchester wäre der Fall bald gelöst gewesen, aber sie sei beim Toten nicht gefunden worden, einer sei schneller gewesen und habe die Leiche beraubt, skrupellos gefleddert.

Reporter K. gehe davon aus, daß der Ermordete mit seiner Winchester gemordet habe und als Täter im Mordfall Patria in Frage komme, aber eine Vermutung sei kein Beweis. Alles müßte neu aufgerollt werden, ohne die Winchester aber hoffnungslos.

Es müsse Mitwisser geben, sagte der Reporter, einen, mehrere? Das Schweigen habe den Täter damals geschützt, und nun wieder das gleiche böse Schweigen, das Abschotten gegen alles Fremde im Dorf, es laufe ihm dabei kalt den Rükken hinunter, manche Blicke wie Dolche oder Pfeile, lautlos und giftig.

Das Dorf habe beinah geschlossen am Begräbnis des Opfers teilgenommen?

Ein Volksfest der dunklen Art, sagte K. und die Medien am Drücker, die Mutter des Toten zwischen den Töchtern, eisern, aufrecht, in ihre

Taubheit gehüllt, er habe es sich von weitem angesehen. Plötzlich die Unruhe, habe sich wellenartig fortgesetzt und auch den Pfarrer erfaßt, der beinah in die Grube gestürzt wäre, und K. nehme an, daß ein ungebetener Trauergast dazugestoßen sei, eine Frau, die sich aber eilig entfernt hätte. K. sei ihr gefolgt, aber sie sei losgesprintet, und er wisse nicht mal, ob er wirklich lila Haare gesehen habe.

Lila oder nicht, der Grappa sei jedenfalls trinkbar, sagte der Fahnder, und die Schlagzeilen müßten sie den Jüngeren überlassen.

Der Fahnder ein kalter Ofen? K. könne es nicht glauben.

Ihm scheine, sagte der Fahnder, daß K. ein unverbesserlicher Schwärmer sei, aber er sei zu oft in die Pathologie gekommen. Man habe dort die beste Sicht auf das, was man Realität nenne, und K. würde sehen, was tot bedeute, ein lebloser Körper, den man sezieren könne, der sich nicht mehr gegen das Zerstückeln, Ausschlachten wehre, weil er tot sei, tot bleibe, nichts mehr revidierbar. Was bringe es, einen toten Täter zu überführen, und was überhaupt zu überführen, das tote Opfer bleibe eine Realität.

Der Fahnder wolle sich doch nicht am Ende selbst degradieren?

Aber nein, er habe im Verlauf dazugelernt, sagte der Fahnder, und halte die Optik von K. für verzerrt.

Alles gelöscht, vergessen, begraben. Den Gemordeten sei das Leben aberkannt, weggenommen worden, ohne Rechenschaft und Sühne, und die Hinterbliebenen habe man damit allein gelassen.

K. könne sich ereifern, aber stoße an Grenzen.

Eben dann beginne es für einen Reporter spannend zu werden.

Mehr Krimi als Wahrheit, sagte der Fahnder, Tintenblut.

Auch der Fahnder habe damals die Zeitung für Hinweise benützt.

Die Rückmeldungen hätten ihn überwältigt, sagte der Fahnder, ein XY-Syndrom, wo jeder sich befähigt fühle, den Täter zu überführen, doch habe das Ergebnis die gute Absicht entwertet.

Jetzt habe ihm der Fahnder allen Wind aus den Segeln genommen, sagte K.

Keineswegs, in der Theorie sei der Reporter ja fündig geworden.

Aber nichts zu beweisen, sagte K.

Das solle ihn nicht stören, in der Theorie sei das nebensächlich.

Der Fahnder gebe ihm also recht?

Er müsse an den Ziegelhaufen denken, unter dem der Erschlagene gelegen habe, und daß einer oder mehrere in der gleichen Nacht die Ziegel abgetragen hätten, um an das Gewehr zu kommen. Die Winchester habe also ihren Besitzer gewechselt, und es sei möglich, daß das schon öfters geschehen sei, falls es sich um die Mordwaffe handle, müsse der Erschlagene nicht unbedingt mit dem Täter im Fall Patria identisch sein.

Er fühle sich vom Fahnder regelrecht kurzgeschlossen, sagte K., aber meine, daß sich der Dieb verrate und die gestohlene Winchester wieder auftauche.

Das wäre eine andere Geschichte, sagte der Fahnder, ein neuer Fall.

Inhaltsverzeichnis

Ingeborg Kaiser im eFeF-Verlag

Regenbogenwahn

Novelle

151 S., geb. mit Schutzumschlag
ISBN 3-905493-73-X

Ein stillgelegter Bahnhof, eine stehengebliebene Uhr – ein Nicht-Ort, Unzeit. Genau das richtige Szenario für das alltägliche Scheitern und die Entwicklung von Utopie.

»Die verschiedenen Erzählebenen ermöglichen es Ingeborg Kaiser, die Palette ihrer schriftstellerischen Möglichkeiten voll auszubreiten.«

Solothurner Zeitung

heimliches laster

Lyrik

104 S., geb. mit Schutzumschlag
ISBN 3-905493-32-2

Ingeborg Kaisers Gedichte kreisen um die großen Themen Liebe, Tod, Zeit. Sie setzt Grenzen zwischen scheinbare Einheiten und läßt gleichsam nebeneinander stehen, was – wiederum scheinbar – nicht zusammengehört.